ONDE A LUA NÃO ESTÁ

Nathan Filer

ONDE A LUA NÃO ESTÁ

Tradução de Ryta Vinagre

Título original
THE SHOCK OF THE FALL

Copyright © Nathan Filer, 2013
Ilustrações: Charlotte Farmer

Nathan Filer assegurou seu direito moral
de ser identificado como autor desta obra.

Todos os direitos reservados. Nenhuma parte desta obra pode
ser reproduzida ou transmitida por qualquer forma ou meio
eletrônico ou mecânico, inclusive fotocópia, gravação
ou sistema de armazenagem e recuperação de informação,
sem a permissão escrita do editor.

Esta é uma obra inteiramente de ficção. Nomes, personagens
e incidentes retratados aqui são produtos da imaginação
do autor. Qualquer semelhança com pessoas reais, vivas
ou não, acontecimentos ou localidades é mera coincidência.

Direitos para a língua portuguesa reservados
com exclusividade para o Brasil à
EDITORA ROCCO LTDA.
Av. Presidente Wilson, 231 – 8º andar
20030-021 – Rio de Janeiro, RJ
Tel.: (21) 3525-2000 – Fax: (21) 3525-2001
rocco@rocco.com.br / www.rocco.com.br

Printed in Brazil/Impresso no Brasil

preparação de originais
TIAGO LYRA

CIP-Brasil. Catalogação na fonte.
Sindicato Nacional dos Editores de Livros, RJ.

F511o   Filer, Nathan
           Onde a lua não está / Nathan Filer; tradução de
           Ryta Vinagre. – Rio de Janeiro: Rocco, 2014.

           Tradução de: The shock of the fall
           ISBN 978-85-325-2881-0

           1. Ficção inglesa. I. Vinagre, Ryta. II. Título.

13-06826   CDD-823
                                             CDU-821.111-3

Para Emily

a menina e a boneca

Eu devia dizer que não sou uma boa pessoa. Às vezes procuro ser, mas em geral não sou. Então, quando é minha vez de tapar os olhos e contar até cem – eu trapaceio.
Estou onde você estava quando era a sua vez de contar, isto é, ao lado das lixeiras de reciclagem, perto da loja que vende churrasqueiras descartáveis e varas para barraca de camping. E perto dali tem um pequeno trecho de grama crescida, metido atrás de uma bica de jardim.
Só que não me lembro de ficar parado ali. Não seriamente. Nem sempre a gente se lembra de detalhes assim, né? Você lembra se estava ao lado das lixeiras de reciclagem, ou mais além, perto dos chuveiros, e se realmente havia uma bica de jardim por ali?
Agora não ouço o grito maníaco das gaivotas, nem sinto o gosto do sal no ar. Não sinto o calor do sol da tarde me fazendo suar por baixo do curativo branco e limpo no joelho, nem a coceira do filtro solar nas rachaduras de minhas feridas. Não consigo me obrigar a reviver a vaga sensação de ter sido abandonado. E também – a propósito – não me lembro realmente de decidir trapacear e abrir os olhos.

Ela parece ter a minha idade, de cabelo ruivo e uma cara com centenas de sardas. Seu vestido creme está empoeirado em volta da bainha de tanto ajoelhar no chão, e, agarrada no peito, tem uma bonequinha de pano, com uma cara rosada e suja, cabelo de lã marrom e olhos feitos de botões pretos e brilhantes.

A primeira coisa que ela fez foi colocar a boneca de lado, pousando-a com muita delicadeza na grama alta. A boneca parecia confortável, com os braços jogados para os lados e a cabeça um tanto virada para cima. Achei que ela parecia confortável, de qualquer modo.

Estávamos tão perto que eu a ouvia raspar a terra seca com um graveto. Mas ela não me notou, mesmo quando jogou o graveto longe e ele quase caiu nos meus pés, expostos naqueles chinelos de plástico idiotas. Eu teria calçado meus tênis, mas você sabe como é a minha mãe, Tênis, em um dia lindo como o de hoje. Claro que não. Ela é assim.

Uma vespa zumbiu em volta de minha cabeça e em geral isso teria sido o bastante para me fazer bater os braços por todo lado, só que eu não deixei. Fiquei totalmente parado, sem querer perturbar a garotinha, ou sem querer que ela soubesse que eu estava ali. Ela agora cavava com os dedos, tirando a terra seca com as próprias mãos, até que o buraco ficou bem fundo. Depois limpou a terra dos dedos o melhor que pôde, pegou a boneca novamente e lhe deu dois beijos.

Esta é a parte que eu ainda posso ver com mais clareza – aqueles dois beijos, um na testa, outro no rosto.

Esqueci de dizer, mas a boneca vestia um casaco. Era amarelo vivo, com uma fivela de plástico preto na frente. Isto é importante porque o que ela fez em seguida foi abrir a fivela e tirar o casaco. Fez isso com muita rapidez e o meteu pela frente de seu vestido.

Às vezes – em momentos como agora –, quando penso naqueles dois beijos, é como se eu realmente pudesse senti-los.

Um na testa.

Um no rosto.

O que aconteceu em seguida é menos claro em minha mente porque se fundiu com muitas outras lembranças, sendo repassadas de tantas outras maneiras, que não consigo separar o real do imaginário, nem mesmo ter certeza se há uma diferença. Então não sei exatamente quando ela começou a chorar, ou se já estava chorando. E não sei se ela hesitou antes de jogar o último punhado de terra. Mas sei que na hora que a boneca ficou coberta e a terra foi batida, ela se curvou, agarrada ao casaco amarelo no peito, e chorou.

Quando se é um menino de 9 anos, não é fácil reconfortar uma menina. Especialmente se você não a conhece, nem sabe do que se trata.

Eu fiz o melhor que pude.

Pretendendo colocar meu braço levemente em seus ombros – como papai fazia com minha mãe quando dávamos caminhadas em família – eu me arrastei para frente, onde num momento de indecisão não consegui nem me ajoelhar ao lado dela, nem ficar de pé. Pairei desajeitado entre as duas coisas e perdi o equilíbrio, tombando em câmera lenta, e assim que essa menina chorosa teve consciência de mim pela primeira vez, foi com todo o peso de meu corpo pressionando gentilmente seu rosto numa cova recém-feita. Ainda não sei o que eu devia ter dito para melhorar as coisas e eu pensei muito nisso. Mas deitado ao lado dela com a ponta de nossos narizes quase se tocando, eu tentei:

– Meu nome é Matthew. Qual é o seu?

Ela não me respondeu prontamente. Tombou a cabeça de lado para me ver melhor, e ao fazer isso senti um único fio de seu cabelo comprido deslizar rapidamente pela lateral de minha língua, saindo de minha boca no canto.

– Annabelle – disse ela.

O nome dela era Annabelle.

A menina de cabelo ruivo e uma cara com cem sardas se chamava Annabelle. Tente se lembrar, se puder. Proteja essa lembrança de todas as coisas que podem fazer você querer esquecer – guarde em segurança em algum lugar.

Eu me levantei. O curativo no meu joelho agora era marrom-terra. Eu ia dizer que estava brincando de pique-esconde, que ela podia brincar também, se quisesse. Mas ela me interrompeu. Falou calmamente, sem demonstrar raiva ou aborrecimento. E o que ela disse foi:

– Você não é mais bem-vindo aqui, Matthew.

– O quê?

Ela não olhou para mim, apenas se agachou e concentrou-se em sua pequena pilha de terra solta – batendo nela gentilmente de novo, tornando-a perfeita.

– Este é o camping do meu pai. Eu moro aqui e você não é bem-vindo. Vai pra sua casa.

– Mas...

– Sai daqui!

Ela ficou de pé num instante, avançando para mim com o peito estufado, como um pequeno animal tentando parecer maior. E falou de novo.

– Sai daqui, eu já disse. Você não é bem-vindo.

Uma gaivota riu zombeteiramente e Annabelle gritou.

– Você estragou tudo.

Era tarde demais para explicar. Quando cheguei à trilha, ela estava ajoelhada no chão de novo, segurando o casaquinho amarelo da boneca contra a face.

As outras crianças gritavam, pedindo para ser encontradas. Mas não procurei por elas. Passei pelos chuveiros, passei pela loja, atravessei o parque – corri o mais rápido que pude, meus chinelos batendo no asfalto. Não me permiti parar, nem mesmo me permiti reduzir o passo até estar perto o bastante de nosso trailer e ver mamãe sentada na cadeira de armar. Ela estava com seu chapéu de palha e olhava o mar. Ela sorriu e acenou para mim, mas eu sabia que ainda estava em sua lista negra. Nós meio que brigamos dias antes. Foi idiotice, porque só eu me machuquei e as feridas agora estavam quase curadas, mas meus pais às vezes achavam difícil deixar essas coisas passarem.

Principalmente mamãe, ela guarda rancor.

Acho que eu também.

Vou te contar o que aconteceu porque será uma boa maneira de apresentar meu irmão. O nome dele é Simon. Acho que você vai gostar dele. Eu gosto de verdade. Mas, daqui a algumas páginas, ele estará morto. E ele nunca mais foi o mesmo depois disso.

Quando chegamos ao Ocean Cove Holiday Park – entediados da viagem e desesperados para explorá-lo – nos disseram que não tinha problema nós irmos a qualquer lugar aqui, mas que estávamos proibidos de descer até a praia sozinhos, porque a trilha era acidentada e íngreme demais. E porque você tem de entrar um pouco na estrada principal para chegar ao alto da trilha. Nossos pais eram do tipo que se preocupam com esse tipo de coisa – com trilhas íngremes e estradas principais. Decidi ir à praia assim mesmo. Em geral eu fazia coisas que não me permitiam e meu irmão ia atrás. Se eu não tivesse decidido chamar essa parte da história de **a menina e a boneca**, podia ter chamado de **o choque da queda e o sangue em meu joelho**, porque isso foi importante também.

Teve o choque da queda e o sangue em meu joelho. Eu nunca me dei bem com a dor. É uma coisa que detesto em mim. Sou um completo molenga. Na hora em que Simon me alcançou, na virada da trilha, onde raízes expostas agarram tornozelos incautos – eu chorava feito um bebê.

Ele ficou tão preocupado que foi quase engraçado. Ele tinha uma cara grande e redonda, que sempre estava sorridente e me fazia pensar na lua. Mas de repente ele parecia preocupado pra cacete.

Foi isso que Simon fez. Ele me pegou nos braços e me carregou passo a passo de volta pela trilha do penhasco e pelos mais ou menos quatrocentos metros até nosso trailer. Ele fez isso por mim.

Acho que alguns adultos tentaram ajudar, mas o que você precisa saber sobre Simon é que ele era meio diferente da maioria das pessoas que você conhece. Ele foi a uma escola especial onde lhe ensinaram as coisas básicas, como não falar com estranhos, então sempre que se sentia inseguro ou entrava em pânico, ele se retraía nessas lições para se sentir seguro. Era assim que ele funcionava.

Ele me carregou sozinho. Mas não era forte. Este era um sintoma de seu distúrbio, uma fraqueza muscular. Tem um nome que agora não consigo lembrar, mas vou procurar se tiver uma chance. Isso significava que a caminhada de certo modo o matava. Então, quando voltamos ao trailer, ele teve de passar o resto do dia de cama.

Aqui estão as três coisas de que me lembro com mais clareza de quando Simon me carregou:

1/ Meu queixo batendo em seu ombro enquanto ele andava. Fiquei com medo de que estivesse machucando Simon, mas eu estava envolvido demais em minha própria dor para dizer alguma coisa.

2/ Então eu beijei seu ombro para melhorar, como fazem quando você é pequeno e você acredita que isso realmente funciona. Mas não acho que ele tenha notado, porque meu queixo se chocava nele a cada passo e quando eu o beijei, meus dentes bateram, o que deve ter doído mais ainda.

3/ Shhh, shhh. Vai ficar tudo bem. Era o que ele dizia ao me colocar no chão na frente de nosso trailer, antes de correr para chamar mamãe. Talvez eu não tenha sido muito claro – Simon realmente não era forte. Me carregar daquele jeito foi a coisa mais difícil que ele já fez, mas ele ainda tentou me tranquilizar. Shhh, shhh. Vai ficar tudo bem. Ele parecia tão adulto, tão gentil e seguro. Pela primeira vez em minha vida eu senti verdadeiramente que tinha um irmão mais velho. Nos curtos segundos enquanto eu esperava mamãe sair, enquanto aninhava meu joelho, eu olhava a terra e a sujeira na pele, convencendo a mim mesmo de que podia ver o osso naqueles poucos segundos – eu me senti totalmente seguro.

Mamãe limpou e fez o curativo na ferida, depois gritou comigo por colocar Simon numa situação tão ruim. Papai também gritou comigo. A certa altura os dois estavam gritando juntos, então eu nem sabia bem para quem olhar. Era assim que funcionava. Embora meu irmão fosse três anos mais velho, eu era sempre o responsável por tudo. Em geral eu me ressentia dele por isso. Mas não desta vez. Desta vez ele foi o meu herói.

Então essa é minha história para apresentar Simon. E também é o motivo para eu ainda estar na lista negra da mamãe enquanto chegava, sem fôlego, em nosso trailer, tentando encontrar sentido no que tinha acontecido com a garotinha e a boneca de pano.

– Querido, você está pálido.

Ela sempre dizia que eu estava pálido, a minha mãe. Naquele tempo ela dizia isso de mim o tempo todo. Mas esqueci que ela disse isso na época também. Esqueci completamente que ela sempre dizia que eu estava pálido.

– Desculpe pelo outro dia, mamãe. Me desculpe mesmo. Eu estive pensando muito. Sobre Simon ter me carregado, e como ele parecia preocupado.

– Está tudo bem, querido. Estamos de férias. Procure se divertir. Seu pai desceu à praia com Simon, eles foram soltar pipa. Vamos nos juntar a eles?

– Acho que vou ficar aqui um pouquinho. Está muito calor. Acho que vou ver um pouco de televisão.

– Num dia lindo como esse? Francamente, Matthew. O que vamos fazer com você?

Ela de certo modo fez essa pergunta de um jeito simpático, como se não sentisse realmente a necessidade de fazer alguma coisa comigo. Ela podia ser legal assim. Podia mesmo ser legal.

– Não sei, mãe. Desculpe pelo outro dia. Desculpe por tudo.

– Já está esquecido, querido, é sério.
– Promete?
– Prometo. Vamos sair e soltar pipa, vamos?
– Não estou com vontade.
– Você não vai ver televisão, Matt.
– Estou no meio de um jogo de pique-esconde.
– Está se escondendo?
– Não. Estou procurando. Era o que eu devia fazer.

Mas as outras crianças tinham se enchido de esperar ser encontradas e saíram em pequenos grupos, indo para outros jogos. Eu não estava mais com vontade de brincar. Então fiquei perambulando um pouco e me vi de volta ao lugar onde estivera a menina. Só que ela não estava mais ali. Só havia o montinho de terra, agora cuidadosamente enfeitado com algumas margaridas e florezinhas colhidas e – para marcar o local – dois gravetos, bem colocados numa cruz.

Fiquei muito triste. Fico um pouco triste até de pensar nisso. De qualquer modo, eu preciso ir. Jeanette, do Grupo de Arte, está fazendo sua imitação de passarinho nervoso; adejando no final do corredor, tentando chamar minha atenção.

O papel machê não se faz sozinho.

Eu preciso ir.

retratos de família

O que eu me lembro em seguida era da mamãe aumentando o volume do rádio para que eu não pudesse ouvi-la chorar.
Era idiotice. Eu a ouvia. Estava sentado bem atrás dela no carro e ela chorava bem alto. Depois foi papai, aliás. Ele chorava e dirigia ao mesmo tempo. Sinceramente não sei se eu também estava chorando, mas imaginei que devia estar. Parecia que eu devia, de qualquer modo. Então toquei o rosto, mas por acaso ele estava seco. Eu não estava chorando nada.
É o que as pessoas querem dizer quando falam que estão atordoadas, não é? Eu estava atordoado demais para chorar, a gente às vezes ouve alguém dizer na TV. Como num programa de entrevistas diurno ou coisa assim. Não consegui sentir nada, explicam. Estava completamente atordoado. E as pessoas na plateia concordam, solidárias, como se tivessem estado lá, todas sabem exatamente como é. Imagino que seja isso, mas na época me senti muito culpado. Enterrei a cabeça nas mãos, para que mamãe ou papai, caso se virassem, pensassem que eu estava chorando com eles.
Eles não se viraram. Nunca senti o aperto tranquilizador da mão de alguém na minha perna, eles nunca disseram que ia ficar tudo bem. Ninguém cochichou, Shhhh, shhhh.
Então eu entendi – eu estava totalmente sozinho.
Foi estranho descobrir isso desse jeito.

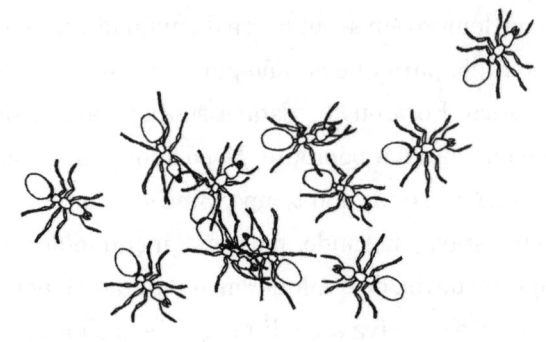

No rádio, o DJ apresentava uma música nova em sua voz muito animada, como se fosse a melhor música já gravada no mundo e minha vida ficasse completa só por conhecê-la. Mas nada disso fazia sentido para mim. Eu não entendia por que o DJ estava tão feliz quando aconteceu algo tão horrível. Foi a primeira coisa que pensei direito. É o que me lembro de pensar quando de certo modo acordei. E esta é a melhor maneira que tenho de descrever, embora eu não estivesse realmente dormindo.

As lembranças vão sumindo, como um sonho quando você abre os olhos. Foi muito parecido. Eu só conseguia distinguir as bordas – noite, correria, a polícia em toda parte por ali.

E Simon estava morto.

Meu irmão estava morto.

Mas eu não conseguia apreender nada disso. E não conseguiria apreender isso ainda por muito tempo.

Também ainda não consigo falar no assunto. Tenho uma chance de fazer isso direito. Preciso ter cuidado. Para desdobrar tudo corretamente, para eu saber como dobrar de novo, se ficar complicado demais. E todo mundo sabe que a melhor maneira de dobrar bem uma coisa é seguir as dobras que já estão ali.

Minha avó (mãe da minha mãe, a quem nós chamamos Nanny Noo) lê livros de Danielle Steel e Catherine Cookson e, sempre que recebe um novo, a primeira coisa que faz é ir até a última página para ler.

Ela sempre faz isso.

Fui passar algum tempo com ela. Só pela primeira semana, por aí. Foi uma semana muito triste e deve ter sido a mais solitária de minha vida. Não acho até que seja possível sentir mais solidão, mesmo para quem não tem o avô e a Nanny Noo para fazer companhia.

Você não deve ter conhecido meu avô, mas se conhece, então saberá que ele é um jardineiro dedicado. Só que ele não tem jardim. É meio engraçado, se pensar bem nisso. Mas não é tão engraçado assim, porque ele aluga um pequeno terreno perto de seu apartamento, onde pode cultivar verduras e algumas ervas como alecrim e outras de que sempre me esqueço.

Naquela semana, passamos séculos lá. Às vezes eu o ajudava a tirar o mato, às vezes me sentava na beira de sua horta e jogava Donkey Kong no meu Game Boy Color, desde que eu deixasse o volume bem baixo. Mas eu ficava principalmente zanzando, levantando pedra e procurando insetos. Gosto mais das formigas. Simon e eu sempre procurávamos formigueiros em nosso jardim. Ele as achava muito inteligentes e pedia a nossa mãe para deixar ter uma Fazenda de Formigas em nosso quarto. Ele sempre era assim. Mas não daquela vez.

Vovô me ajudou a levantar uma laje grande de pavimento para eu ver o formigueiro. No momento em que a laje foi levantada, as formigas ficaram loucas, disparando e passando mensagens secretas umas às outras e carregando seus ovinhos brancos e amarelados para a segurança do subterrâneo.

Alguns minutos depois, a superfície estava completamente deserta, exceto talvez por alguns cupins que vagavam desajeitados para ver do que se tratava aquela confusão. De vez em quando eu cutucava um dos buraquinhos com um graveto e num instante uma dezena de soldados estaria de volta à ofensiva, prontos a dar a vida pela colônia. Mas eu não as machucava. Só queria olhar.

Depois que vovô terminava de tirar o mato, colher verduras ou plantar novas, recolocávamos a laje cuidadosamente e íamos para casa tomar nosso chá. Não lembro se conversávamos. Sei que a gente deve ter feito isso. Mas as palavras que partilhamos escaparam de minha memória completamente, como formigas por um buraco.

Nanny Noo fazia uma boa comida. Ela é uma daquelas pessoas que tenta te alimentar no momento em que você passa pela porta e não para de te dar comida até a hora que você vai embora. Ela pode até preparar para você um sanduíche rápido de presunto para sua viagem.

É um jeito legal de ser. Acho que as pessoas que são generosas com a comida têm bondade em seu íntimo. Mas naquela semana em que fiquei com eles, foi muito difícil, porque eu não tinha apetite. Fiquei enjoado na maior parte do tempo e por uma ou duas vezes vomitei de verdade. Isso foi difícil para Nanny Noo, porque se ela não consegue resolver um problema pela barriga – com uma tigela de sopa, um frango assado ou uma fatia de bolo esponja – ela sente isso muito no fundo. Uma vez eu a vi de pé na cozinha, recurvada sobre pratos intocados, chorando.

A hora de dormir era a mais difícil. Fiquei no quarto de hóspedes, que nunca ficava muito escuro porque tem um poste de rua na frente da janela e as cortinas são finas. Eu ficava deitado e acordado toda noite por séculos e séculos, encarando a meia-luz, querendo ir para casa e me perguntando se um dia eu iria.

– Posso dormir aqui essa noite, Nanny?

Ela não se mexeu, então entrei devagar e levantei o canto de seu cobertor. Nanny Noo tinha um daqueles cobertores elétricos para seus ossos frios. Mas era uma noite quente, então não estava ligado, e eu só me lembro de soltar um grito mudo quando meu pé descalço pisou na tomada virada.

– Querido?

– Está acordada, Nanny?

– Shhh, vai acordar o vovô.

Ela levantou o cobertor e eu subi ao lado dela.

– Eu pisei na tomada – disse. – Meu pé doeu um pouco.

Eu podia sentir o calor da respiração de Nanny na minha orelha. Ouvia o ronco ritmado do meu avô.

– Não consigo me lembrar de nada – eu disse por fim. – Não sei o que aconteceu. Não sei o que eu fiz.

Pelo menos eu queria dizer isso. Era só no que conseguia pensar e eu queria desesperadamente dizer isso, mas não é a mesma coisa. Eu sentia a respiração de Nanny na minha orelha.

– Você pisou na tomada, meu anjinho. Machucou o pé.

Quando fui para casa, éramos só mamãe, papai e eu. Na nossa primeira noite juntos, nós três afundamos no grande sofá verde, que está como sempre porque Simon preferia se sentar de pernas cruzadas no carpete – com a cara bem próxima da televisão.

Este é mais ou menos o retrato de nossa família. Não é o tipo de coisa que você ache que vá lhe fazer falta. Talvez você nem mesmo perceba tudo isso naqueles milhares de vezes, sentado entre sua mãe e seu pai no sofá grande e verde, com o irmão mais novo no carpete atrapalhando a visão da TV. Talvez você nem mesmo tenha notado.

Mas nota quando ele não está mais ali. Nota muitos lugares onde ele não está mais e ouve muitas coisas que ele não diz mais.

Eu ouço.

Ouço o tempo todo.

Mamãe liga a televisão para o começo de EastEnders. Era como um ritual. Nós até gravávamos em vídeo quando não estávamos em casa. É engraçado, porque Simon era apaixonado por Bianca. Todos nós implicávamos e dizíamos que Ricky ia dar uma surra nele. Era só por diversão. Ele ria alto, rolando no carpete. Simon tinha um riso que era contagiante. Sempre que ele ria, tudo ficava um pouco melhor.

Não sei se você vê EastEnders, ou, se assistir, não acho que vá se lembrar de um episódio de tanto tempo atrás. Mas este grudou em mim. Lembro-me de estar assistindo sentado no sofá enquanto todas as mentiras e enganações sobre Bianca dormir com o namorado da mãe e um monte de outras coisas finalmente chegavam a uma conclusão amarga. Foi o episódio em que Bianca deixou Walford.

Não falamos por muito tempo depois disso. Nem mesmo nos mexemos. Outros programas começaram e terminaram, entrando pela noite. Esse era nosso novo retrato de família – nós três, sentados lado a lado, encarando o espaço onde Simon costumava ficar.

POR FAVOR, PARE DE LER POR CIMA DO MEU OMBRO

Ela ficava lendo por cima do meu ombro. Já era bem difícil me concentrar neste lugar sem as pessoas lendo por cima do meu ombro.

Tive de colocar em letras grandes para que o recado chegasse a seu destino. Funcionou, mas agora me sinto mal com isso. Era a estudante de serviço social que olhava por cima de meu ombro, a jovem com hálito de hortelã e grandes brincos dourados. Ela era muito legal.

De qualquer modo, ela agora está disparando pelo corredor, animada e alegrinha. Mas sei que a deixei sem graça, porque as pessoas só pulam desse jeito e ficam animadas e alegrinhas quando estão sem graça. Não precisamos saltitar quando não estamos sem graça – a gente só anda.

Mas é bom poder usar esse computador. Tive uma aula sobre isso com o terapeuta ocupacional. O nome dele é Steve, e acho que não vou falar nele de novo. Mas ele ficou satisfeito por eu saber que não devia tentar comer o teclado, ou sei lá que preocupação eles têm. Então disse que não tinha problema eu usá-lo para escrever. Só que ele ainda não me deu uma senha, então eu tenho de pedir sempre, e só temos quarenta minutos. Aqui é assim, quarenta minutos disso e dez minutos para aquilo. Mas eu lamento ter deixado a estudante de serviço social sem graça. Lamento de verdade. Odeio coisas assim.

espernegando e choramingando

Eu não tinha o direito de ir ao funeral de meu irmão. Mas fui. Vesti uma camisa branca de poliéster que coçava loucamente na gola e uma gravata preta de grampo. A igreja ecoava sempre que alguém tossia. E depois teve bolinhos com creme e geleia. E é só disso que me lembro.

Mas agora devo andar um pouco mais devagar. Tendo a correr quando estou nervoso. Faço isso quando estou falando também, o que é estranho, porque você pode pensar que sou como aqueles homenzinhos que falam rápido. Tenho 1,80m de altura e talvez ainda esteja crescendo. Tenho 19 anos, então talvez não cresça. Mas definitivamente estou crescendo para os lados. Estou muito mais gordo do que devia. Podemos culpar os remédios por isso – é um efeito colateral comum.

Mas então, eu falo rápido demais. Atropelo as palavras que acho desagradáveis e estou fazendo isso agora.

Preciso ir mais devagar, porque quero explicar como meu mundo ficou mais lento. Também preciso falar de como a vida tem forma e tamanho, e como pode ser feita para caber em uma coisa tão pequena – como uma casa.

Mas a primeira coisa que quero dizer é que tudo ficou silencioso. Foi a primeira coisa que percebi. Era como se alguém tivesse aparecido e baixado o volume até o mudo, e agora todo mundo sentia a necessidade de falar aos sussurros. Não só mamãe e papai, mas as pessoas que vêm nos visitar também – como se algo terrível estivesse dormindo no canto do quarto e ninguém se atrevesse a ser aquele que o acordaria.

Estou falando dos parentes presentes, pessoas como minhas tias e avós. Meus pais nunca tiveram muitos amigos. Eu tinha alguns. Mas eles estavam na escola. Esta foi a outra coisa que aconteceu. Talvez eu esteja correndo de novo, mas vou te contar rapidamente como parei de ir à escola, porque é importante e porque é uma coisa que realmente aconteceu. A maior parte da vida não é nada. A maior parte da vida é só o tempo passando, e nós dormimos durante um pedaço considerável dela.

Quando estou muito medicado, durmo 18 horas por dia. Durante esse tempo, fico muito mais interessado nos meus sonhos do que na realidade, porque eles consomem muito mais do meu tempo. Quando os remédios não estão funcionando direito – ou se decido não tomar –, passo a maior parte do tempo acordado. Mas aí meus sonhos dão um jeito de me seguir.

É como se cada um de nós tivesse um muro que separa nossos sonhos da realidade, mas o meu tinha rachaduras. Os sonhos podem se espremer e passar por ali, até ficar difícil saber a diferença.

Às vezes
       o
             muro
                    se rompe
                          completamente.

É quando
            os pesadelos
                    aparecem.

Mas agora estou ficando distraído.

Estou sempre distraído. Preciso me concentrar, porque tem muita coisa que quero escrever – como essa história sobre a minha escola. O verão acabou. Setembro está chegando e eu ainda não voltei para a sala de aula. Então é preciso tomar uma decisão.

O diretor telefonou e eu ouvi, da **escada de observação,** a metade da minha mãe na conversa. Mas não foi bem uma conversa. Basicamente, ela só agradeceu um monte de vezes. Depois me chamou ao telefone, para a minha vez.

Foi estranho, porque eu nunca tinha falado com o diretor de minha escola. Quer dizer, a gente só fala mesmo é com os professores. Não posso dizer com certeza que nunca falei com meu diretor, mas agora ele está aqui, do outro lado da linha, dizendo, "Olá, Matthew, é o Sr. Rogers".

– Olá, senhor – consigo dizer. Minha voz soou muito pequena de repente. Esperei que ele dissesse alguma coisa e mamãe apertou meu ombro.

– Acabei de falar com sua mãe, mas queria falar com você também. Tudo bem?

– Sim.

– Sei que é uma época muito difícil e triste para você. Só posso imaginar o quanto deve ser difícil.

Não digo nada porque não sei o que deveria dizer, então há um longo silêncio. Depois eu ia concordar que era difícil, mas o Sr. Rogers começa a falar de novo, ao mesmo tempo, repetindo que era triste. Então nós dois paramos para deixar que o outro falasse e nenhum de nós disse nada. Mamãe afaga minhas costas. Eu nunca fui muito bom no telefone.

– Matthew, não vou prender você, porque sei que é difícil. Mas queria lhe dizer que todo mundo está pensando em você, que sentimos sua falta. E não importa o tempo que levar, por mais tempo que precise, você será muito bem-vindo de volta. Então, não precisa ter medo.

Foi uma coisa estranha de ele dizer, porque na época eu não achava que tinha medo. Sentia muita coisa – muitas coisas que não entendia direito – mas medo, não. Só que quando ele disse isso, de repente senti. Então agradeci algumas vezes e mamãe me abriu um sorriso fraco que não chegou a seus olhos.

– Quer falar com a mamãe de novo?

– Acho que já terminamos por ora – disse o Sr. Rogers. – Só queria conversar um pouco com você. Nos veremos em breve, está bem?

Deixei o telefone cair no gancho com um clic alto.

Ele não me viu em breve. Não voltei a estudar por um bom tempo e nunca fui para aquela escola. Não sei como essas decisões eram tomadas. As coisas são assim quando você tem 9 anos; ninguém te diz nada. Como se você fosse tirado da escola e ninguém precisasse te dizer nada. As pessoas não têm que te dizer nada. Acho, porém, que a maior parte das coisas que fazemos é por medo. Acho que minha mãe estava com muito medo de me perder. Acho que era isso. Mas não quero colocar ideias na sua cabeça.

Se você é pai ou mãe, pode parar de mandar os filhos para a escola e em vez disso os senta à mesa da cozinha com um livro didático. É só escrever uma carta ao diretor e pronto. Você nem precisa ser professor, embora mamãe fosse. Mais ou menos. Eu devia contar sobre minha mãe porque você não deve ter conhecido.

Ela é magra e pálida e tem mãos frias. Tem um queixo largo do qual tem muita vergonha. Cheira o leite antes de beber. Ela me ama. E é louca. Isso servirá por enquanto.

Digo que ela é uma espécie de professora porque antigamente ela ia ser. Foi quando tentava engravidar, mas houve umas complicações e os médicos disseram que ela talvez não pudesse conceber. Sei dessas coisas sem nenhuma lembrança de alguém ter me dito. Acho que ela decidiu se tornar professora para dar um significado à vida, ou para ter uma distração. Não acho que tenha muita diferença.

Então ela se matriculou na universidade e fez o curso. Depois engravidou de Simon e o significado que ela queria veio esperneando e choramingando constantemente.

Mas minha mãe tinha de ser minha professora. Em fins de semana alternados, depois de papai sair para o trabalho, começava nossa escola diária. Primeiro a gente limpava junto a mesa de café da manhã, empilhando pratos e tigelas perto da pia para mamãe lavar enquanto eu começava pela pilha de livros de exercícios. Na época, eu era uma criança inteligente. Acho que isso pegou mamãe de surpresa.

Quando Simon estava vivo, ele podia ser meio que uma esponja, chupando a atenção. Ele não fazia de propósito nem nada, mas é do que os especiais precisam – eles exigem mais das coisas que estão à volta. Eu parecia passar despercebido. Mas, sentado à mesa da cozinha, mamãe me via. Poderia ser mais fácil para ela se eu fosse burro. Só estou pensando nisso agora que escrevo, mas pode ser a verdade. Havia testes no final de cada capítulo dos livros de ciências, matemática e francês, e sempre que eu respondia tudo certo, ela ficava em silêncio por horas. Mas se eu respondia quase tudo certo, ela queria me estimular e gentilmente me falava de meus erros. Isso era esquisito. Então comecei a cometer erros de propósito.

Nunca saíamos e nunca falávamos de nada a não ser do trabalho escolar. Isso também era esquisito, porque minha mãe não agia como uma professora. Às vezes ela me dava um beijo na testa, fazia um carinho no meu cabelo ou coisa assim. Mas não falávamos de nada, só do que estava nos livros. E foi exatamente assim que os dias se desenrolaram por um bom tempo, mas não posso lhe dizer exatamente quanto tempo em termos de semanas ou meses. Ficou misturado em um momento estendido, eu sentado à mesa da cozinha fazendo meus testes e minha mãe falando comigo de meus erros propositais.

Foi o que eu quis dizer com meu mundo ficando mais lento, mas é difícil explicar, porque dizer como era um dia depois do outro só toma algumas páginas. Mas é o dia a dia que toma tanto tempo.

Quando meu trabalho terminava, eu via desenho ou jogava um pouco de Nintendo. Ou às vezes eu subia e encostava bem de leve a orelha na porta do quarto de Simon, escutando. Às vezes eu matava algum tempo fazendo isso. Nunca falávamos desse assunto também. Mamãe fazia chá e esperávamos que meu pai chegasse em casa. Eu devia te falar de meu pai porque você não deve conhecê-lo.

Ele é alto e largo e meio corcunda. Usa casaco de couro porque antigamente tinha uma moto. Ele me chama de mon ami. E ele me ama. Isso vai servir por enquanto.

Eu disse que minha mãe é louca. Eu disse isso. Mas talvez você não consiga ver. Quer dizer, talvez você não pense que algo que eu tenha dito prove que ela é louca. Mas existem diferentes tipos de loucura. Algumas loucuras não agem como loucas, às vezes batem educadamente na porta e quando você as deixa entrar, elas simplesmente se sentam no canto sem estardalhaço – e crescem. E um dia, talvez muitos meses depois de sua decisão de tirar o filho da escola e isolá-lo numa casa por motivos que se perdem em sua tristeza, um dia essa loucura vai se agitar na cadeira e dirá a ele:

– Você está pálido.
– O quê?

— Você está pálido. Você não parece bem, querido. Está se sentindo bem?

— Acho que estou bem. Só estou com um pouco de dor de garganta.

— Deixa eu ver. — Ela coloca as costas da mão em minha testa. — Ah, querido. Você está quente. Está ardendo.

— É mesmo? Eu me sinto bem.

— Já faz dias que você está pálido. Acho que não está pegando sol suficiente.

— Nós nunca saímos! — eu disse com raiva. Não pretendia, mas foi assim que saiu. Não era justo, porque às vezes nós saíamos. Eu não era prisioneiro nem nada.

Mas nós não saíamos muito. E nunca sem que papai nos levasse. Acho que é o que quero dizer quando falo sobre a vida encolher dentro de uma casa. Acho que sou simplesmente um ingrato. Mamãe deve ter pensado isso, porque de repente me olhou com se eu tivesse cuspido nela ou coisa assim. Mas depois falou com muita doçura:

— Vamos dar uma caminhada? Podemos passar para ver o Dr. Marlow, ele pode examinar sua garganta.

Não estava frio, mas ela pegou meu casaco de inverno laranja no cabide e o fechou até em cima com o capuz puxado. Depois fomos para a rua.

Para chegar à clínica vindo de casa, era preciso passar pela minha escola. Ou melhor, aquela que antigamente era a minha escola. Mamãe segura minha mão quando atravessamos a rua principal, viramos a esquina e eu ouço gritos e risos distantes vindo do pátio. Devo ter resistido. Não me lembro de fazer isso de propósito, mas devo ter feito, porque quando nos aproximamos o aperto de minha mãe ficou mais forte, pegando meu pulso e me puxando com ela.

— Vamos voltar, mamãe.

Nós não voltamos. Seguimos direto para a escola, por toda a cerca, e assim eu praticamente fui arrastado, com meu capuz idiota cobrindo os olhos.

– É você, Matthew? Olá, Sra. Homes. Olá, Matthew.

Não consigo me lembrar do nome dela agora. Gemma, ou coisa assim. Não importa mesmo.

– Ei, é o Matthew!

O caso é que eu era muito popular. O grupo de crianças reunido na cerca fez isso porque gostava de mim. Eram meus colegas de turma e devem ter ficado abalados com o que houve e com minha saída repentina de suas vidas. Mas eu não falei com eles. Não consigo explicar. Olhei bem para frente, escondendo-me no capuz, enquanto mamãe dizia, "Matthew não está bem hoje. Voltem e vão brincar".

O Dr. Marlow pediu-me para abrir bem a boca. Olhou dentro de minha boca, respirando seu hálito quente em mim, cheirando a café. Não havia nada de errado com minha garganta que umas pastilhas e um pouco de antigripal não pudessem consertar. Ele disse que eu devia descansar um pouco. E foi isso. Só que não foi.

Este foi só o começo.

hipotonia. *s.* um estado de tensão muscular reduzida.

Houve o choque da queda e o sangue em meu joelho, e Simon me carregando por todo o caminho até o trailer, sozinho, sem a ajuda de ninguém, embora isso o matasse um pouco, mas ele fez assim mesmo e o fez por mim, porque me amava. Já te contei isso.

E então eu disse que havia uma palavra certa para os músculos fracos, que eu procuraria, se tivesse uma chance. E você deve ter se esquecido completamente disso. Mas eu não. Eu não esqueci.

Tem um Dicionário de Enfermagem guardado no escritório no alto da escada dos fundos e eu o via na mesa. Podia vê-lo quando ia ao escritório perguntar se podia usar o computador para escrever minhas coisas.

Mas foi muito estranho, porque a garota a quem pedi (a jovem com hálito de hortelã e grandes brincos dourados, que está sempre tentando ler por cima do meu ombro) ficou meio paralisada. Ela era a única pessoa na sala e ficou totalmente petrificada, como se o Dicionário de Enfermagem contivesse todos aqueles segredos que os pacientes não podem saber. É sério, ela nem mesmo conseguiu abrir a boca.

E então aconteceu uma coisa muito estranha. Lembra de Steve? Eu só falei nele uma vez. Foi ele que me ensinou a usar esse computador. Eu disse que provavelmente não falaria nele de novo. Bom, ele entrou na sala em seguida e a garota se virou para ele e perguntou, muito hesitante, se os pacientes podiam ver o dicionário ou não. Foi assim que ela disse também. Ela disse, "Hmmm, hmmm, é adequado os pacientes pegarem o dicionário emprestado, Steve?"

E você nunca vai adivinhar o que ele fez. Ele passou por ela e em um só movimento jogou o dicionário pelo ar como num passe de rugby, direto nas minhas mãos. Ao mesmo tempo, disse, "Por que tá me pedindo?", ele disse isso assim. Ele disse, "Por que tá me pedindo?"

Depois ele se virou para mim e piscou. Mas não foi uma piscadela muda, porque ele soltou um estalo com a língua como se dissesse, você e eu, garoto, estamos nessa juntos.

Entende o que eu quero dizer? Não sei se estou me explicando muito bem. Mas você entende que é engraçado. É engraçado porque a garota não sabia se eu podia ver ou não o dicionário. E depois ficou duplamente engraçado, porque Steve a fez parecer muito idiota, todo despreocupado com isso.

Mas a coisa realmente engraçada. A coisa realmente engraçada me fez dar uma gargalhada. A coisa realmente engraçada é que Steve estalou a língua e piscou para mim, como se mostrasse que estava do meu lado ou coisa assim. Só que você não está do meu lado, está, Steve? Porque se estivesse do meu lado, teria me entregado o dicionário como um adulto. Porque se você fizesse uma porra de um gesto grandioso desses, Steve, aí seria grande coisa. Mas é isso que as pessoas fazem – os Steves do mundo – todas tentam fazer alguma coisa do nada. E todas fazem isso para si mesmas.

Simon tinha hipotonia. Ele também tinha microgenia, macroglossia, dobras epicânticas, um defeito septal atrial e uma linda cara sorridente que parecia a lua. Eu odeio essa merda de lugar.

comida na boca

Mamãe puxou o cobertor na entrada e espiou lá dentro.
– Esqueci a senha de novo.
– Então você não pode entrar.
– Não vai me dizer mais uma vez?
– Não. – Puxei o cobertor de volta para a calefação, segurando firme com a mão.
– Tirano.
– Não sou um tirano, já te disse uma vez.
– Super Mario?
– Perto.
– Hmmm. Como se chamava a namorada dele?
– Princesa Peach.
– Ah, sim. Também não é essa, é?
– Ã-ã. Na verdade, ela não é Princesa Peach *neste* game. E você está ficando mais quente. Mais ou menos.
– Dicas enigmáticas, hein?
– O que quer dizer enigmático?
– Quer dizer que se não me der a senha, eu vou chorar.
Abro um pequeno espaço e a vejo fingir uma cara de triste, com o lábio inferior tremendo. Era difícil não rir.
– Ah, que encanto. Aqui estou eu, botando o coração para fora, e meu próprio filho e herdeiro está rindo de mim.
– Não estou rindo.
– E o que é isso, então? – Seu braço se esgueirou para dentro, por um espaço que eu não tinha percebido. Ela fazia

um bico de ave com a mão, beliscando meu braço até achar minha cara. Ela puxou os cantos da boca para cima.
— Arrá. Eu sabia!
É bom ficar meio doente quando se é criança, não é?
É melhor se você frequenta uma escola, porque se passa o dia em casa, é um presente. Se você tem suas aulas em casa, não tem para onde ir. A não ser que possa construir sua própria toca.
— Tudo bem — eu disse. — Vou te dar uma dica.
— Vai, então.
— Estou jogando... agora.
Deixo a entrada se abrir e rapidamente pego meu Game Boy Color. Minha mãe inclina a cabeça de lado, apertando os olhos para o cartucho.
— Donkey Kong!
— Pode entrar.
Na verdade era só o espaço entre a parte de trás do sofá e a parede, mas eu estiquei um cobertor por cima, enfiando-o atrás da calefação. Era bom se esconder ali, jogando os games ou vendo TV pelo buraco ao lado das cortinas.
Mamãe se colocou de quatro e entrou engatinhando.
— Me mostre como jogar, então.
— Sério?
— Que foi, acha que as mães não conseguem?
Não tinha muito espaço, mas ficou melhor assim mesmo. Ficou aconchegante.
— Segure assim, com os polegares nos botões. Está vendo ele no fundo?
— Arrã.
— Ele é o Mario. Você precisa fazer ele subir até lá em cima, sem que os barris te peguem.
— O que tem lá em cima?
— A namorada dele.

— Não é a princesa?

— Ela é de outros games. Começou, você precisa se concentrar.

Quando o primeiro barril bateu nela, ela disse que não foi justo porque estava ficando boa.

— Ainda é a sua vez. Você tem mais de uma vida. Quer que eu te avise quando pular?

Ela não responde.

— Mãe, quer que eu avise quando pular?

Ela me dá um beijo no rosto.

— Sim, por favor.

Não sou telepata. Não sei dizer o que minha mãe estava pensando. Às vezes me preocupo que as pessoas possam colocar pensamentos em minha cabeça, ou tirar dela. Mas com mamãe, não tem nada.

— Você é melhor do que o papai.

— É mesmo?

— Ele não consegue passar da primeira fase.

Minha mãe é feita de ângulos e cantos agudos de ossos. Não é bom se aconchegar nela. Mas ela coloca uma almofada no colo para eu descansar a cabeça e assim fica confortável.

Na hora do almoço, ela fez legumes cozidos.

Em geral eu como à mesa, mas desta vez levamos nossas tigelas para a toca. Estou começando a me sentir mole e inútil.

— Tente comer, querido.

— Dói quando eu engulo.

Ela olhou minha garganta e disse que as amídalas ainda estavam inchadas, e ela ia me dar um antigripal depois de comermos. Pegou minha colher e me deu uma porção, raspando um pouco do que derramou em meu queixo como se eu fosse um bebê. Depois disse:

— Por que mais de uma vida?

— O quê?

— Nos games de computador. Não faz sentido ter um monte de vidas. Não faz sentido nenhum.

— É assim que eles são.

Ela meneia a cabeça.

— Estou sendo uma boba, não é? Vamos jogar Snakes and Ladders depois?

Abro a boca e ela me dá outra colherada. Não era uma colher de plástico nem nada. Não era para bebês. Era uma colher comum.

mon ami

Ele costumava entrar de roldão pela porta, esperando ao pé de minha cama de olhos arregalados e sem piscar. Em algumas manhãs eu não estava com humor, então mandava ele embora. Agora me arrependo disso.

Mas seu entusiasmo era contagiante e assim, mesmo que eu estivesse meio adormecido, saía da cama para ligar o Nintendo 64 e sentávamos em nossos pufes para jogar Mario 64, discutindo se Luigi podia ser desbloqueado para jogar. Depois, às quinze para as sete meu pai vinha nos dizer que devíamos trabalhar duro na escola hoje e que ele ia sair para ganhar uma grana. Era esse tipo de coisa que meu pai dizia. Ele diz, ganhar uma grana. Gosto disso.

O outro motivo para papai costumar vir a meu quarto era para que Simon e eu pudéssemos fazer uma coisa que costumávamos fazer. O que fazíamos era ouvi-lo andar pelo patamar da escada na direção do meu quarto. Era fácil de ouvir, porque ele usava botas de bico de metal pesadas e porque ele queria que ouvíssemos. Daí ele andava pesado de propósito e geralmente dizia algo alto bem óbvio para minha mãe, como "Tchau, querida, vou dar adeusinho aos meninos".

Assim que o ouvíamos dizer isso, Simon e eu rapidamente nos escondíamos atrás da porta para que, quando ele olhasse para dentro não conseguisse nos ver. Ele entrava, fingindo estar confuso, dizendo algo à meia voz como "Mas onde esses meninos se meteram?"

Era muito idiota, porque a essa altura Simon não conseguia parar de rir. Mas não importava, porque todos nós sabíamos que era só fingimento. E era divertido. O mais engraçado era que a certa altura Simon e eu pulávamos de trás da porta e derrubávamos papai no chão.

Era assim que costumávamos fazer quando Simon estava vivo, mas agora que Simon não está vivo, eu nunca me levanto antes do meu pai. Às quinze para as sete ele ainda entra no meu quarto e me encontra deitado e acordado, sem saber como começar. Deve ser difícil para ele.

Mesmo assim, ele entra toda manhã para se sentar a meu lado por alguns minutos e só fica ali.

– Bom-dia, mon ami, está tudo bem? – Ele mexe no meu cabelo, como os adultos fazem com as crianças, e trocamos nosso aperto de mãos especial. – Vai trabalhar duro para a mamãe hoje?

Concordo, sim.

– Bom sujeito. Trabalhe duro para depois você ter um emprego decente e cuidar de seu velho pai, hein?

– Vou trabalhar, mon ami.

Começou na França quando eu tinha 5 anos. Foram nossas únicas férias no exterior e mamãe ganhou num concurso de revista. Era motivo de orgulho, o primeiro prêmio em um concurso de redação da revista *True Lives*, oitocentas palavras ou menos sobre o que torna sua família especial. Ela escreveu sobre as lutas e recompensas de criar um filho com síndrome de Down. Acho que eu não fui mencionado. Os jurados adoraram.

Algumas pessoas podem se lembrar do início de sua vida. Até conheci gente que diz conseguir se lembrar de seu nascimento.

O mais longe que consigo chegar em minha mente me coloca parado em um poço rochoso, com meu pai segurando uma de minhas mãos para me dar equilíbrio, na outra estou com minha rede novinha, e pescamos juntos. Não é uma lembrança completa. Só guardo alguns fragmentos; um trecho frio de água pouco abaixo de meus joelhos, gaivotas, um barco ao longe – esse tipo de coisa. Papai consegue lembrar mais. Ele se lembra de conversarmos e do que falamos. Um garoto de 5 anos e seu papai matutando sobre tudo, do tamanho do mar ao destino do sol à noite. E bastava eu falar naquele poço rochoso para meu pai gostar de mim. E era isso. Ficamos amigos. Mas como estávamos na França, nós nos tornamos *amis*. Não acho que nada disso importe. Só queria me lembrar.

———

– Muito bem, então. Estou saindo para ganhar uma grana.
– Precisa ir, pai?
– Só até ganharmos na loteria, tá? – Então ele pisca para mim, mas não como Steve, e trocamos nosso aperto de mãos especial de novo. – Trabalhe duro para a mamãe.

Mamãe está com a camisola comprida e os chinelos bobos de bicho que Simon uma vez escolheu para ela de aniversário.
– Bom-dia, bebezinho.
– Me fala da França de novo, mãe.

Ela entrou no meu quarto e abriu as cortinas, e assim, por um momento, parada diante da janela, tornou-se apenas uma silhueta sem rosto. Depois disse aquilo de novo. Como antes.
– Querido, você está pálido.

corridas pela escola

Acho que mamãe fechou o zíper do meu casaco laranja de inverno de novo, e puxou o capuz de novo, por isso o forro cinza de pele gruda no suor da minha testa e roça nas minhas orelhas. Eu penso nisso e está acontecendo. Limonada com mel quente desce em goles da caneca que eu uma vez dei a ela – não é mais especial – e aumenta o gosto de giz amargo que fica do paracetamol.
– Desculpe pelo outro dia, querido.
– Desculpar pelo que, mãe?
– Por arrastar você pelo pátio, com as outras crianças olhando.
– Você estava me castigando?
– Não sei. Pode ser. Não tenho certeza.
– Temos de fazer isso de novo?
– Acho que sim. Você precisa vestir o casaco.
– Você o colocou em mim. Fechou o zíper.
– Foi?
– Foi.
– Então precisamos ir.
– Eu não quero.
– Sei disso, Matthew. Mas você não está bem e pode precisar de antibióticos. Vamos precisar que seja examinado. Eu fechei mesmo o zíper de seu casaco?
– Mas por que agora? Por que não podemos esperar até depois do recreio?

— Não sei. Ainda não pensei nisso.

Passo a ela a caneca vazia, A Maior Mãe do Mundo. Penso nisso e estou lá de novo. Ela está abrindo a porta, estendendo a mão. Eu a pego e lá estou eu.

— Não!

— Matthew, não seja malcriado. Precisamos ir. Precisamos que você seja examinado.

— Não. Eu quero o meu pai.

— Não seja bobo, ele está no trabalho. Agora você está deixando o ar frio entrar. Pare com isso. Precisamos ir.

Seu aperto é forte, mas eu sou mais forte do que ela pensa. Puxo com força e engancho meu dedo em sua pulseira de pingentes.

— Olha o que você fez. Está quebrada.

Ela se curva para pegar a corrente caída, com seus pingentes de prata pequeninos espalhados pelo chão. Passo por ela. Empurro-a com toda força que posso. Ela perde o equilíbrio, os braços se debatendo como asas de pinguim antes de ela cair.

— Matthew! Espere! O que foi?

Em alguns passos eu atravesso o portão, batendo-o. Corro o mais rápido que posso, mas ela está me alcançando. Meus pés derrapam na calçada, tomo um susto com a buzina urgente de um furgão em alta velocidade.

— Bebê, espere. Por favor.

— Não.

Aproveito minha chance, atravesso correndo a rua principal, cortando entre uma fila de carros, fazendo um deles dar uma guinada. Ela é obrigada a esperar. Viro a esquina e a seguinte e estou na minha escola.

— É você de novo, Matthew? Ei, é o Matthew de novo. Olha, a mãe está correndo atrás dele. A mãe está correndo atrás dele. Olha! A mãe está correndo atrás dele!

Estou na frente e ela me persegue. Ela grita para eu parar. Ela grita que sou seu bebê. Ela está me chamando de seu bebezinho. Eu paro. Viro-me. Depois caio em seus braços.

— Olha só os dois. Olha só os dois. Alguém chame um professor. Olha só os dois.

Sou erguido do chão, abraçado por ela. Ela está beijando minha testa e me dizendo que vai ficar tudo bem. Ela me carrega, eu posso sentir seu coração batendo através do meu capuz idiota.

— Desculpe, mamãe. Me desculpe.

— Está tudo bem, bebezinho.

— Eu sinto tanta falta dele, mãe.

— Sei que sente. Ah, meu bebê. Eu sei que sente. — Ela me carrega e posso sentir seu coração batendo através do meu capuz idiota.

As crianças devem estar acompanhadas de um adulto
O TEMPO TODO

Em Bristol, tem uma ponte famosa chamada Ponte Pênsil de Clifton. É um local popular para os suicidas. Tem até uma placa ali com um número de telefone dos Samaritanos.

Quando minha mãe saiu da escola antes de conhecer papai, ela trabalhava preenchendo papelada na Rolls-Royce.

Não foi uma época feliz, porque o chefe dela era um homem horrível que a fazia se sentir burra e inútil. Ela queria ir embora, mas estava com muito medo de contar ao vovô, porque ele queria que ela continuasse a estudar, e ter um emprego foi condição para sua saída.

Ela estava de carona na moto uma noite, mas quando chegou em casa, ela não parou.

– Eu continuei – disse-me ela. Ela se empoleirou na beira de minha cama de camisola, me acordando no meio da noite para subir a meu lado. Fazia muito isso.

– Não tenho por que viver – sussurrou ela.

– Você está bem, mamãe?

Ela não sabia que ia à ponte suspensa, mas ia. Só percebeu quando não conseguiu encontrá-la.

– Eu me perdi.

– Quer que eu chame o papai?

– Vamos dormir.

– Vai dormir aqui?
– Posso?
– Claro.
– Eu me perdi – sussurrou ela para o travesseiro. – Nem isso consegui fazer direito.

os mortos ainda fazem aniversário

Na noite anterior ao dia em que meu irmão morto devia fazer 13 anos, fui acordado pelo barulho dele brincando em seu quarto.
Eu tinha uma imagem melhor dele em mente. Então fiquei de olhos fechados e o vi estender a mão por baixo da cama e puxar uma caixa de papelão pintada.
Ali estavam seus suvenires, mas se você fosse como Simon e seu mundo fosse lugar de assombro, tudo seria um suvenir. Havia incontáveis brinquedos pequenos de plástico contidos em embalagens de biscoitos de Natal e Lanche Feliz do McDonald's. Havia adesivos do dentista dizendo *Eu fui corajoso*, e adesivos do fonoaudiólogo que diziam *Muito bem* ou *Você é um astro!* Havia postais do vovô e da Nanny Noo – se o nome dele estivesse ali, ia para a caixa. Havia distintivos de natação, certificados, um fóssil de Chesil Beach, pedrinhas boas, desenhos, fotos, cartões de aniversário, um relógio quebrado – tanta porcaria que ele não conseguia nem fechar a tampa.
Simon guardava cada dia de sua vida.

Era estranho pensar em tudo isso ali. De certo modo, era estranho até pensar no quarto dele ali. Lembro-me de quando viemos para casa de Ocean Cove, nós três parados na soleira, ouvindo os estalinhos do motor do carro esfriando. Olhamos a casa. O quarto dele permanecera a postos, a janela do primeiro andar, com suas cortinas de Pokémon amarelas. Não teve a cortesia de se levantar e sair. Eu fiquei bem onde fomos deixados, no alto da escada, no quarto ao lado do meu.

Abraçando um travesseiro e ficando de olhos bem fechados, eu podia vê-lo vasculhar suas lembranças para encontrar a mais importante – um pedaço de algodão amarelo. Era nisso que ele se enrolava, como um pequeno embrulho de alegria e medo, e se tornou seu cobertor do conforto. Aos 7, 8, 9 anos de idade – ele sempre estava com ele, sempre carregava para todo lado. Até o dia que eu disse que ele parecia um bebê. Eu disse que ele parecia um bebezinho com o cobertor de bebezinho dele, que se ele não fosse tão estúpido o tempo todo, ele entenderia. O cobertor desapareceu depois disso, todo mundo aceitando orgulhosamente que Simon o havia superado.

Fico deitado ouvindo-o, o sono me voltando enquanto ele sobe na cama. Depois invadindo, não o suficiente para me acordar, mas na beira de minha consciência, outro som – mamãe cantava uma cantiga de ninar para ele.

O sol de primavera pintava pilares brancos em meu carpete.

Era sábado, o que significava café da manhã na mesa. Vesti meu blusão, mas não desci direto. Queria ver uma coisa primeiro.

Esta foi a primeira vez que entrei no quarto dele.

Papai não queria que eu tivesse medo, nem me sentisse estranho com nada, então depois de eu voltar da casa da Nanny Noo, nós entramos juntos. Andamos por ali sem jeito e papai disse que sabia que Simon não se importaria se eu brincasse com os brinquedos dele.

As pessoas sempre pensam que sabem com o que os mortos se importariam ou não, e é sempre com o que *elas* se importam ou não – como aquela vez na escola, quando um garoto muito chato, Ashley Stone, morreu de meningite. Tivemos uma reunião especial para ele em que cada mãe compareceu, em que o Sr. Rogers falou que Ashley era *espirituoso e brincalhão* e que sempre nos lembraríamos dele com amor. Depois disse que tinha certeza de que Ashley ia querer que tentássemos ser corajosos e nos esforçássemos muito. Mas eu não acho que Ashley teria querido nada disso, talvez porque eu mesmo não quisesse. Entende o que quero dizer? Mas acho que papai tinha razão. Simon não se importaria se eu brincasse com seus brinquedos porque ele nunca se importava. Mas eu não brincava e o motivo é óbvio. Eu me sentia culpado demais. Algumas coisas na vida são exatamente como imaginamos.

Os modelos de aviões dele pendiam delicadamente de seus cordões, e a calefação estalava e gemia. Fiquei ao lado de sua cama, levantando o cobertor de seu travesseiro.

– Oi, Si – sussurrei. – Feliz aniversário. – Depois recoloquei o cobertor de volta na sua caixa de lembranças e fechei a tampa.

Acho que as crianças acreditam no que querem acreditar. Talvez os adultos também.

Na cozinha, papai começava o café da manhã, virando bacon numa frigideira.

– Bom-dia, mon ami.
– Cadê a mamãe?
– Sanduíche de bacon?
– Cadê a mamãe?
– Ela não dormiu bem, raio de sol. Sanduíche de bacon?
– Eu quero geleia, acho. – Abri o armário, peguei um vidro e lutei com a tampa antes de entregar a papai.
– Tem de afrouxar pra mim, tá?

Ele levantou um bacon, refletiu e o largou na frigideira.

– Tem certeza de que não quer bacon? Estou fazendo bacon.

— Vamos muito ao médico, papai.
— Ai. Merda!

Ele olhou feio para a carne avermelhada do nó dos dedos, como se esperasse que ela pedisse desculpas.

— Você se queimou, papai?
— Não foi tão ruim.

Andando até a pia, ele abriu a água fria e comentou que o jardim estava bagunçado. Peguei quatro colheradas grandes de geleia, esvaziando tudo.

— Posso ficar com isso?
— O vidro? Para quê?
— Dá para vocês falarem baixo? — A porta se abriu de repente, batendo na mesa. — Preciso dormir, porcaria. Por favor, me deixem dormir hoje.

Ela não disse isso com raiva, era mais uma súplica. Ela fechou a porta, desta vez devagar, e enquanto eu ouvia seus passos subindo a escada, senti um vazio horrível na barriga — do tipo que um café da manhã não pode preencher.

— Está tudo bem, raio de sol — disse papai, forçando um sorriso. — Você não fez nada. Hoje está meio complicado. Que tal a gente terminar seu café da manhã e depois eu vou falar com ela, hein?

Ele disse isso como uma pergunta, mas não era. O que ele queria dizer era que eu não tinha alternativa a não ser aceitar, enquanto ele a seguia até lá em cima. Mas eu não queria me sentar sozinho à mesa de novo, nem ouvir outra discussão abafada pulsando pelas paredes. Além disso, eu tinha algo a fazer. Peguei o vidro de geleia e fui ao jardim pela porta dos fundos.

Há lembranças que se arrastam por minha pele. Simon queria uma Fazenda de Formigas e os mortos ainda fazem aniversário.

Agachado ao lado do quarto de ferramentas com lama entre os dedos dos pés, levantei as lajes grandes, como o vovô me ensinou. Mas era cedo demais no ano, então mesmo sob as lajes maiores eu só consegui encontrar minhocas e besouros. Olhei mais fundo, cavando um buraco com os dedos – enquanto as primeiras gotas de chuva batiam em meu blusão, eu estava em outro lugar: *Está escuro, boa-noite, o ar tem gosto de sal e Simon está a meu lado, enxugando a chuva do rosto e reclamando que não gosta mais disso, que não gosta mais, que quer voltar. Eu fico cavando, dizendo a ele para deixar de ser um bebê, para deixar a lanterna parada e ele a segura com as mãos tremendo, até que os olhos de botão brilham no facho.*

— Matthew, querido! — Mamãe está à janela de seu quarto, chamando. — Está caindo um temporal!

Enquanto abro a porta dos fundos, a da frente bate.

Corro para cima.

— Querido, o que há com você? Molhou toda sua roupa — enrolando-me numa toalha.

— Para onde papai foi?

— Ele foi dar uma caminhada.

— Está chovendo.

— Duvido que ele vá longe.

— Queria que todos nós tomássemos o café da manhã juntos.

— Estou muito cansada, Matthew.

Sentamo-nos de cada lado da cama, vendo a chuva bater na janela.

uma história diferente

Só quinze minutos hoje, depois é hora da perfuração. Tenho alguns problemas de adaptação com os comprimidos – em resposta, uma agulha comprida e afiada.
Semana sim, semana não, em lados alternados.
Prefiro não pensar nisso agora. É melhor não pensar até que a injeção esteja realmente entrando.

Quero contar uma história. Quando Steve *Estala-estala-pisca* me apresentou ao computador, disse que eu também podia usar a impressora. "Para partilhar seus escritos conosco, Matt. Ou levar para casa e guardar."
Só que outro dia a impressora não funcionava. Estive pensando na época em que mamãe me levava para ver o Dr. Marlow, mas vimos uma médica diferente. Não consigo me lembrar dos detalhes, o que exatamente minha mãe pensava que havia de errado comigo, ou por que o Dr. Marlow não estava lá. Então inventei uma coisa sobre o sinal ao lado de meu mamilo e o Dr. Marlow estar de férias. Talvez nem fosse verdade, não é importante. A parte importante é que essa médica nova pediu para falar com mamãe em particular e a conversa dela deu início a **todo um novo capítulo** em nossa vida. Mas quando tentei imprimir isso, piscou uma mensagem de erro e não saiu papel nenhum.
Então foi isso.

Até esta manhã no Grupo de Arte – onde Jeanette sussurrante distribuiu vidros de tinta, cola, velhas hidrográficas e toalhas e papel, e nós devíamos nos expressar. Sento-me ao lado de Patricia, que deve ter uns 60 anos, ou talvez seja mais velha, mas usa uma peruca loura e comprida e finge ter 20. Ela está de óculos escuros, batom rosa berrante e hoje veste seu macacão rosa berrante também. Em geral ela desenha figuras coloridas com lápis de cor, o que Jeanette diz que é lindo. Mas esta manhã prepara outra coisa, absorta em silêncio, fazendo cortes precisos em folhas de papel com tesouras sem ponta, depois arrumando cuidadosamente os pedaços cortados em um quadrado de cartolina.

Acho que a impressora finalmente deve ter tossido minhas páginas e elas acabaram como papel cortado. Foi um sentimento estranho e por um momento eu quis gritar, mas não gritei porque Patricia na realidade é uma boa pessoa e acho que se ela soubesse que era minha escrita, não teria pegado. Ela sacode a cabeça, virando-se um pouco para mim; **POR FAVOR, PARE DE LER POR CIMA DE MEU OMBRO.** Você entende por que era diferente? Mas eu não queria aborrecê-la, então continuei meus rabiscos enquanto ela reorganizava minha vida, juntando com cola Pritt.

Esperei até antes do fim da hora, quando temos alguns minutos para contar ao grupo o que fizemos, mas eu sabia que Patricia não mostraria porque, embora vestisse aquelas roupas, na verdade ela é muito tímida.

– Vou limpar os pincéis – ofereci.

– Já está na hora? – perguntou Jeanette.

Quero contar uma história diferente, uma história que pertence a outra pessoa. Não será igual à minha e, embora possa ser triste de algumas maneiras, também será feliz, porque no fim tem desenhos bonitos a lápis de cor e uma moça de cabelo louro que fica com 20 anos para sempre.

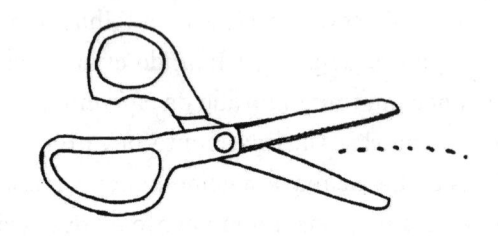

Contorno a mesa recolhendo os pincéis e olho por cima de seu ombro. O que posso saber da história de Patricia, é que ela está

       Presa.   duas fotos em porta-retratos

         em

sem graça

       olhos disparando entre

                – o mais novo

    e este

       corpo
           velho,

                fim

segunda opinião

Ela passa a ponta do dedo pelo sinal escuro e pequeno perto de meu mamilo e eu sinto minha cara ficar quente.
– Coça?
– Não.
– Cresceu ou mudou de cor?
– Acho que não.
– Em geral a consulta é com o Dr. Marlow – disse mamãe pela terceira vez.

Puxo minha camiseta e me encolho na cadeira, com vergonha do meu corpo que se modifica e de como começou a coçar, feder e crescer pelos, de forma que a cada dia que passa eu me conheço um pouco menos.
– Que idade tem, Matthew?
– Ele tem 10 anos – respondeu minha mãe.
– Quase 11 – digo.

Ela se vira para a tela do computador, conferindo anotação após anotação. Olho distraído para duas fotos em porta-retratos das filhas do Dr. Marlow – a mais nova montada no cavalo, a irmã com beca de formatura, sorridentes, de olhos meio fechados – e me pergunto se essa médica nova teria sua própria sala e se tem fotos de sua família para eu olhar a cada duas semanas até sentir que já os conheço.
– Como está indo na escola?
– O quê?

Ela olha bem para mim, não enterrada em um bloco de receitas ou digitando em seu teclado, mas olha bem para mim, curvando-se para frente.

Mamãe tossiu e disse achar que meu sinal tinha crescido, mas talvez não.

– Você deve estar começando o segundo grau depois das férias, não?

Eu queria me proteger na minha mãe, mas havia algo no modo como a médica se inclinava para mim que me capturava. Eu não estou dizendo que me senti emboscado. Estou dizendo que me senti preso.

– Eu não vou à escola.

– Não?

– Temos ensino em casa – disse mamãe. Depois: – Antigamente eu era professora.

A médica continuou olhando para mim. Pôs a cadeira ao lado da minha, e agora eu me vejo curvado para frente também. É difícil explicar, mas naquele momento eu me senti seguro, como se pudesse dizer o que quisesse.

Mas não disse nada.

A médica assentiu.

– Não acho que haja algum motivo de preocupação com o sinal, Matthew. Você acha?

Balanço a cabeça.

Mamãe estava de pé, já dizendo obrigada, já me conduzindo para a porta, quando a médica disse:

– Será que podemos conversar em particular por um momento?

Sinto a mão de minha mãe apertar meu braço, seus olhos disparando entre nós.

– Mas. Eu sou a mãe dele.

– Desculpe, não. Não me expressei com clareza, Susan. Perguntei se você e eu podíamos conversar em particular por um momento. – Então ela se vira para mim e diz: – Não há nada com que se preocupar, Matthew.

A recepcionista estava dizendo a uma mulher numa cadeira de rodas que o Dr. Marlow estava de férias até o final do mês, mas que uma jovem médica estava cobrindo o consultório e ela era muito gentil, e elas até esperavam que ela pudesse ficar. Sentei no tapete de borracha no canto, onde eles mantêm os brinquedos das crianças. Acho que eu era velho demais para isso e depois de um tempo me olhando feio e suspirando fundo, a mulher perguntou se eu me importava de abrir espaço para a *criança* dela brincar.

– Posso brincar com ele?
– Oh.

O garotinho dela estendeu a mão e eu lhe dei um bloco de armar, que ele largou no chão e riu como se fosse a coisa mais engraçada do mundo. Peguei o bloco e fizemos isso de novo, dessa vez com a mãe rindo também e dizendo, "Ele é doidinho, vou te contar, totalmente doidinho."

– Eu tinha um irmão.
– Ah, é?
– É. Ele era mais velho do que eu. Éramos bons camaradas. Mas ele morreu e essas coisas.
– Ah, entendi. Lamento...

A campainha tocou e um nome rolou pela placa na recepção.
– Acho que somos nós. Venha, mocinho.

Ela pegou o garotinho e ele de imediato começou a choramingar, estendendo os braços para mim.

– Alguém fez um amigo novo – disse ela antes de levá-lo pelo corredor.

– Eu tinha um irmão – eu disse de novo a ninguém em particular. – Mas não penso mais muito nele.

Coloquei os blocos de armar de lado.

Mamãe apareceu, apertando uma receita na bolsa.

— Está tudo bem, mãe?

— Vamos tomar sorvete.

Não acho que fazia o melhor clima para o parque – estava bem frio e nublado. Mas fomos mesmo assim. Mamãe comprou sorvete para nós em um furgão e nos empoleiramos nos balanços lado a lado.

— Eu não tenho sido uma boa mãe, não é?

— Foi isso que a médica disse?

— Eu me preocupo, Matthew. Me preocupo o tempo todo.

— Precisa de remédios?

— Talvez.

— Você e o papai vão se divorciar?

— Querido, por que pensou uma coisa dessas?

— Não sei. Vão?

— Claro que não. – Ela terminou o sorvete, saiu do balanço e começou a empurrar o meu.

— Não sou um bebê, mãe.

— Eu sei, desculpe. Eu sei. Às vezes acho que você é mais adulto do que eu.

— Não acha, não.

— Acho, sim. E você definitivamente é mais inteligente do que eu agora. Você faz todos aqueles livros de exercícios mais rápido do que posso corrigir.

— Não faço.

— Faz sim, querido. Acho que se você voltar à escola, os professores nem vão saber o que têm na mão.

— É mesmo?

— É.

— Posso voltar?

— É o que você quer?

Isso pode não ter acontecido tão rápido como estou contando, nem vindo à tona na nossa conversa com tanta facilidade. Provavelmente ficamos no parque por muito tempo, entrando e saindo de silêncios, cada um de nós revirando uma ideia, com medo de estender a mão e vê-la afundar e, desta vez, a profundezas impossíveis. Não. Não aconteceu com rapidez e facilidade. Mas aconteceu. Naquele dia. Naquele parque.

– Não é que eu não goste de você me dando aulas...
– Eu sei. Está tudo bem. Eu sei.
– Você ainda pode me dar aulas à noite.
– Vou ajudar no seu dever de casa.
– E ainda vai me ajudar a digitar minhas histórias?
– Se você deixar. Gosto muito disso.

Uma coisa boa de falar com alguém que está parado atrás de você é que você pode fingir que não sabe que ela está chorando e não se perturba demais tentando entender o porquê. Você pode simplesmente se concentrar em ajudar a fazê-la se sentir melhor.

– Pode me empurrar se quiser, mãe.
– Ah, agora eu posso empurrar você, é?
– Se quiser.

Ela empurrou, me empurrou no balanço, cada vez mais alto, e quando por fim as nuvens cinza se separaram para o sol brilhar, era como se brilhasse só para nós.

um capítulo inteiramente novo

– Hmm, que foi? Oi, mon ami.
– Pode me ajudar com a gravata, pai?
– Que horas são?
Mamãe se virou na cama e tirou a máscara dos olhos.
– Matthew, estamos no meio da noite.
– Não sei fazer isso. Posso acender a luz?
Apertei o interruptor e eles gemeram, depois papai disse com um bocejo:
– Em geral você veste a camisa primeiro, parceiro.
– Eu só queria treinar.
– Pode treinar de manhã, antes de eu ir para o trabalho.
– Ele rolou, puxou o cobertor sobre a cabeça. – Estamos no meio da noite.

Eu apaguei a luz deles e voltei para meu quarto, atrapalhado com o nó – nervoso demais para dormir. Não demorou muito e mamãe veio se sentar comigo. Eu sabia que ela viria. Sabia que ela viria e se sentaria comigo, se eu os acordasse.
– Você precisa dormir um pouco, querido.
– E se ninguém gostar de mim?
Não sei quem estava mais preocupado com minha volta à escola – se eu ou ela. Mas minha mãe tinha os comprimidinhos amarelos, que eliminavam a tensão.
– Claro que eles vão gostar. – Ela colocou meu cabelo atrás da orelha, como costumava fazer quando eu era menor. – Claro que eles vão.

– Mas e se não gostarem?

Ela me contou a história de seu primeiro dia no segundo grau, de como ela quebrou o braço no verão, por isso usava um gesso. Ela disse que eram muitas caras novas, mas as caras novas se sentiam exatamente do mesmo jeito. Na hora do almoço, o gesso foi rabiscado com mensagens de melhoras do seu novo grupo de amigos.

– O que aconteceu depois?

– Está frio, me deixa entrar.

Puxei as cobertas e as levantei para ela subir a meu lado.

– Essa é a parte boa – disse ela, apoiando-se num travesseiro. – Uma das inspetoras do pátio viu meu gesso com tudo escrito e queria me castigar por quebrar as regras do uniforme da escola! Então, no meu primeiro dia, fui levada até o diretor, que agradeceu à inspetora por sua preocupação, olhou meu gesso, pegou uma caneta e escreveu Bem-vinda à Pen Park High.

Acho que era uma boa história.

Se fosse mesmo verdade.

FODA-SE

Não andei me sentindo muito bem nos últimos dias.

Isso é muito mais difícil do que eu pensava. Pensar no passado é como cavar sepulturas.

Antigamente enterrávamos as lembranças que não queríamos. Encontramos um trecho de grama no Ocean Cove Holiday Park, ao lado das lixeiras de reciclagem, ou mais além na trilha, perto dos chuveiros, e guardávamos todas as lembranças que queríamos, depois enterrávamos o resto.

Mas vindo a este lugar toda segunda, quarta e sexta, passando metade de minha vida com MALUCOS como Patricia e o asiático na sala de relaxamento, que de mansinho embolsava peças de quebra-cabeças e balançava de um lado para outro como se fosse um pêndulo, e a VACA magricela que pula pelo corredor cantando *Deus nos salvará, Deus nos salvará* quando só o que quero é me concentrar, mas não consigo porque a coisa que injetaram em mim me deixa nervoso e eu me contorço, e enche minha boca de tanta saliva que na verdade fico babando na porra do teclado – só estou dizendo é que é mais difícil do que eu pensava.

– O caso, mãe, é que não foi a mesma coisa para você, foi?
– De certa forma...
– Não. Não foi. Não foi a mesma coisa porque Nanny Noo não parou de ir à escola, antes de mais nada, nem obrigou você a se sentar sozinha por um ano inteiro fingindo cometer erros nos seus livros de exercícios e se perguntando quando...
– Matthew, não. Eu não...
– Se perguntando quando eu teria de ir ao médico, se você ia me arrastar em frente à escola toda me encarando e apontando...
– Matthew, por favor...
– Me encarando e apontando para mim...
– Não foi assim...
– Foi! Foi exatamente assim. E você fez com que fosse assim. Então agora eu tenho de ver todos eles de novo. Não ligo para gente nova. Não ligo para as pessoas que não me conhecem. Não ligo para não ter ninguém que escreva num gesso idiota. Eu não...
– Matthew, por favor, me escute.
Ela tentou me abraçar, mas eu a afastei.
– Não. Eu não tenho de escutar nada. Não tenho de escutar mais nada. Nunca mais vou te escutar. Não ligo para o que você pensa.
– Você precisa dormir um pouco, Matthew.

Ela cambaleou um pouco ao se levantar, e por um segundo me pareceu que estava desequilibrada, na beira de um abismo.

Eu tinha mais uma coisa a dizer, mas não queria gritar. Forcei cada palavra para sair num sussurro firme.

– Eu te odeio.

Mamãe fechou minha porta suavemente ao passar.

apertos de mão

Não descrevi o aperto de mão especial que eu tenho com meu pai.

Quando nos tornamos *amis*, combinamos um aperto de mãos. Acho que já falei nisso, mas não disse como se faz. É um aperto especial, e não um cumprimento secreto. Então eu posso te contar.

O que fazemos é estender a mão esquerda, os dois, e entrelaçar os dedos, depois tocamos a ponta dos polegares. Acho que fizemos isso umas mil vezes.

Eu não contei.

Cada aperto de mãos especial leva um breve segundo, mas se cada um fosse colocado ponta com ponta, durariam horas.

Se alguém tirasse uma foto a cada vez, no momento exato em que nossos polegares se tocam, e visse as fotos em um folioscópio, teria um filme de *time-lapse* – como os que aparecem nos programas de vida selvagem para vermos as plantas crescendo ou o mato se esgueirando pelo chão de uma floresta.

O filme começa com um menino de 5 anos, de férias com a família na França. Ele esteve tentando adiar a hora de dormir conversando com o pai sobre o caranguejo-eremita que apanharam no poço rochoso. O aperto de mãos foi ideia do pai. Os polegares se tocam e a câmera dispara. Ao fundo, na sacada do hotel, a mãe do menino e o irmão mais velho olham, demonstram certo orgulho e ciúme.

Dia e noite passam em uma estroboscópica, as estações entram em choque, as nuvens explodem, as velas se derretem em glacê de açúcar, uma folhagem apodrece. O menino e seu pai disparam pelo tempo; os polegares unidos.

O menino cresce feito mato.

E em cada momento é um mundo invisível – para além de sacadas, fora da memória, longe do alcance da compreensão.

Só posso descrever a realidade que conheço. Estou fazendo o melhor possível e prometo continuar tentando. Aperte aqui.

pródromo. *s.* sintoma inicial de uma doença em desenvolvimento.

Existe o tempo e existe o clima.

Se chove lá fora, se você mete a ponta do compasso no ombro de um colega de turma repetidas vezes até que a camisa de algodão branco do uniforme pareça um mata-borrão, isto é o tempo.

Mas se você mora num lugar onde costuma chover, ou se sua percepção falha e se desloca e isso faz você se recolher, desconfiado e com medo dos que são próximos, isto é o clima.

São essas coisas que aprendemos na escola.

Eu tenho uma doença, uma doença com a forma e o som de uma serpente. Sempre que aprendo alguma coisa nova, ela aprende também.

Se você tiver HIV ou câncer ou pé de atleta – não pode ensinar nada a eles. Quando Ashley Stone estava morrendo de meningite, talvez ele soubesse que estava morrendo, mas sua meningite não sabia. A meningite não sabe de nada. Mas minha doença sabe de tudo o que eu sei. Isso era uma coisa difícil de lidar mentalmente, mas no momento em que eu entendi, minha doença entendeu também.

Existem as coisas que aprendemos.

Nós aprendemos sobre átomos.

Essa doença e eu.

Eu tinha 13 anos.

– PARE COM ISSO, PARE COM ISSO AGORA MESMO!

A cara dele ficou roxa e uma veia grossa começou a pulsar na lateral do pescoço. O Sr. Philips era o tipo de professor que queria que as aulas fossem divertidas. É preciso muito para deixá-lo com raiva.

Mas Jacob Greening conseguiu. Não lembro exatamente o que ele fazia. Foi na aula de ciência, então provavelmente tinha algo a ver com as torneiras de gás. No bloco de ciências, havia umas saídas de gás nas bancadas para abastecer os bicos de Bunsen. Pode ser que Jacob tenha colocado a boca em um deles e estivesse chupando o gás para ver o que aconteceria – pode ser que sua cara tenha ficado roxa, as veias do pescoço pulsando. Talvez ele quisesse soltar a respiração em uma chama de isqueiro, para bafejar fogo.

Jacob também queria que as aulas fossem divertidas.

Nós nos conhecemos no primeiro dia.

Foi assim:

Papai me ensinou a dar o nó na gravata, como prometeu. Jacob apareceu na escola sem nenhuma. Na matrícula, ele começou a cochichar no meu ouvido, como se nos conhecêssemos havia anos. Ele teria de ver o diretor, como se fosse um assunto particular e realmente importante. Eu não ouvia direito. Minha mente me levava de volta à hora em que eu disse a mamãe que a odiava. Ela me levou à escola em silêncio. Apertei a cara no vidro frio e ela ficou mudando as emissoras de rádio. Eu a magoei e tentava decidir se me importava. Jacob ainda falava, só que agora percebi que ele estava ansioso. As palavras dele se atropelavam umas nas outras. Ele precisava ver o diretor, mas não tinha gravata. Era este o X da questão.

– Pode ficar com a minha, se quiser.

– Posso?

Dei-lhe minha gravata e ele passou por dentro da gola, depois me olhou, impotente. Então dei o nó para ele. Virei em sua gola e meti a ponta para dentro da camisa. Acho que assim nós ficamos amigos. Ele se sentava a meu lado nas aulas, mas nos intervalos sumia, disparando pelos portões da escola com sua mochila apertada num ombro e o anoraque batendo ao vento. Tinha permissão especial de ir para casa. Não era uma coisa de que ele falasse.

O Sr. Philips bateu um punho na nossa mesa.

– Não está nada bom, Jacob! Sempre esse comportamento infantil e perigoso...

– Desculpe, senhor. – Mesmo ao dizer isso, um sorriso apareceu na cara cheia de acne dele. É estranho a rapidez com que a gente muda – ele não era mais do tipo que dava a mínima para gravatas da escola.

– Saia! Saia de minha sala!

Ele se mexeu lentamente para pegar suas coisas.

– Deixe a mochila. Pode pegar depois do sinal.

– Mas...

– Fora! Agora!

O problema de me sentar ao lado de Jacob era que, sempre que ele chamava atenção para si, todo mundo olhava para mim também. Senti uma onda de raiva por ele. Aqui está a questão:

O que você tem em comum com Albert Einstein?
1) Você é feito de tipos semelhantes de átomos
2) Você é feito do mesmo tipo de átomos
3) Vocês é em parte feito DOS MESMOS átomos

Jacob Greening bateu a porta ao sair e o Sr. Philips perguntou se ficaríamos todos quietos de novo olhando para o quadro-branco. Acho que era uma boa pergunta.

– Quero que todos decidam que frase é verdadeira e escrevam um, dois ou três atrás de seu livro de exercícios.

– Senhor?
– Sim, Sally.
– E se não soubermos, senhor?
– Não espero que saibam. Vamos trabalhar nisso juntos. Deixe-me fazer uma pergunta a você. Quanto acha que eu peso?
– O quê? – Sally deu de ombros e imaginei como seria beijar o seu pescoço, ou como devem ser seus peitos.
– Chute.
– Uns 75 quilos?
– Adivinhou bem.

Sally sorriu, depois me viu olhando. Você é esquisito, ela murmurou em silêncio. Eu me virei e peguei a caixa de lápis de Jacob. Ele era do tipo que fazia rabiscos em sua *própria* caixa de lápis.

Eu nunca o entendi.

O Sr. Philips estava ao lado do quadro-branco.

– Eu peso quase 165 libras, ou 74 quilos, o que quer dizer que eu tenho aproximadamente 7,4 x 10^{27} átomos em meu corpo.

Este é um jeito de abreviar números imensos. Aqui está o número escrito inteiro:

7.400.000.000.000.000.000.000.000.000

Jacob chutava a parede do corredor. Sally copiava todos os zeros. Alguém mais olhava pela janela. Alguém imaginava o futuro. Outro podia sentir o início de uma dor de cabeça. Alguém mais precisava fazer xixi. Outro tentava acompanhar. Outro ainda estava entediado e com raiva. Alguém mais estava em outro lugar e o Sr. Philips dizia, "Isto é mais do que cada grão de areia em cada praia do mundo".

Isto
    é
  mais
       do
      que
   todas
         as
     ESTRELAS
   em
todo
       o
    UNIVERSO

Essas são as coisas que aprendemos.
Minha doença e eu.

– Bilhões de anos atrás, estrelas em explosão dispararam átomos pelo espaço e nós os reciclamos na Terra desde então. A não ser por um ocasional cometa, meteoro, alguma poeira estelar, usamos exatamente os mesmos átomos repetidas vezes desde que a Terra se formou. Nós os comemos, respiramos, somos feitos deles. Neste exato momento cada um de nós está trocando átomos com os outros, e não só com os outros seres humanos, mas com outros animais, árvores, fungos, mofos...

O Sr. Philips olhou o relógio, estava quase na hora do intervalo e as pessoas já começavam a guardar seus livros e a conversar.

– Silêncio, por favor. Estamos quase acabando. Então, o que vocês têm em comum com Einstein? Um. Vocês são feitos de tipos semelhantes de átomos? Sim, acho que sim e, além das variações mínimas, todos os humanos são feitos dos mesmos ingredientes básicos, oxigênio (65%), carbono (18%), hidrogênio (10%) etc. Assim, o número dois está tambémcorreto; mas e quanto ao número três? Existe alguma parte do maior físico do mundo sentada entre nós agora?

Ele olhou a sala, parando para dar efeito.

– Infelizmente, não parece. Para os que estão interessados, a resposta é sim, e não só um ou dois átomos, mas provavelmente muitos e muitos e muitos átomos que antigamente faziam parte de Einstein estão atualmente, pelo menos por enquanto, fazendo parte de vocês. Neste momento. E não só de Einstein, mas de Júlio César, Hitler, o homem das cavernas, dinossauros...

A sineta tocou, interrompendo sua curta lista.

Mas a ela eu acrescentei outra pessoa.

Jacob entrou correndo na sala, pegou a mochila e saiu, ignorando o pedido do Sr. Philips para ele ficar. Não sei por que foi nesse dia que decidi segui-lo. Talvez não tenha sido. Talvez tenha sido em outro dia.

Talvez eu esperasse na chuva, escondido atrás do abrigo de bicicletas – que não é realmente um abrigo, mais parece uma gaiola – e depois que ele correu para os portões, ofegando, eu tenha corrido atrás dele. Não era muito longe; algumas ruas entrando pelo bairro, com os pequenos bangalôs e as praças pequenas de gramado perfeito.

Era só uma coisa para fazer, eu acho – ver onde ele morava. Provavelmente eu me viraria e voltaria assim que ele entrasse.

– Jacob!

Só que não voltei.

Eu chamei.

Nesses dias, cada vez mais eu só sabia o que ia fazer quando realmente fazia. Ele estava na varanda.

– Jacob! – Minha voz se perdia no vento. Ele fechou a porta e eu fiquei no gramado da frente por um tempo, recuperando o fôlego.

Chovia forte. Puxei o capuz para cima e contornei a lateral do bangalô. Era pequeno, como uma casa de bonecas. Não quero ser grosseiro com isso, não é o que estou dizendo. De qualquer modo, nem tudo tem de significar alguma coisa. Passei com cuidado por cima de uns vasos de plantas vazios e um anão de jardim segurando uma vara de pescar. Isso não era chegar de mansinho. Não se podia dizer que eu estava chegando de mansinho, porque eu tinha tentado chamar sua atenção.

Eu chamei o nome dele.

Acho que sim.

Nos fundos, cheguei à única janela grande, com suas venezianas. Agachei-me bem, segurando-me com os dedos no peitoril molhado.

A cadeira de rodas elétrica foi a primeira coisa que vi, mas ela não estava ali. Estava na cama e agora Jacob estava a seu lado, curvado sobre ela, prendendo grampos a uma espécie de guindaste de metal. Ele se ergueu, segurando um controle remoto. Lentamente ela começou a se levantar de seu colchão, içada por uma tipoia imensa. Os movimentos de Jacob eram precisos, eficientes. Segurando o alto do guindaste com as duas mãos, ele a girou da cama, tirou os lençóis sujos, colocando novos no lugar. Parei de olhar, porque não conseguia tirar os olhos dela. Pelo modo como ele a virou, ela ficou suspensa de frente para a janela, de frente para mim, com seus braços inchados tombados de lado, os olhos opacos fixos à frente.

Está escuro, hora de dormir, o ar tem gosto de sal e Simon está chorando, me pedindo para não cavar, dizendo que está com medo. Eu levanto a boneca, ela está suja, encharcada. Os braços tombam de lado. Seguro-a no ar. A chuva cai e Simon está recuando, agarrado ao peito. Ela quer brincar com você, Simon. Ela quer brincar de pique.

Eu corro, escorregando pela lateral do bangalô, tropeçando num vaso de pedra, caindo de pé, no gramado – com medo de olhar para trás –, atravesso a rua, passo pelo portão, entro na escola, com trilhões de átomos se chocando dentro de mim, só átomos, trilhões de átomos, e muitos, muitos e muitos átomos de Simon. Em algum lugar no pátio eu me curvei. E vomitei.

Talvez a gente tivesse geografia no mesmo dia. Ou talvez não. Talvez fosse em outro dia.
O professor coloca um vídeo sobre o tempo e o clima. Lembra-se da diferença? As luzes foram apagadas para vermos melhor a tela, então não acho que Jacob tenha notado quando peguei sua caixa de lápis e tirei o compasso. Já contei o que aconteceu depois. Desculpe, Jacob.

a escada de observação

— Meu Deus, escuta só você. Parece o seu pai. Então a resposta é essa, é? Você vai o quê, Richard? Pode colocar algum juízo nele?
— Acha que não colocaria?
— O que exatamente vai ensinar a ele?
— Que ele não pode...
— Continue.
— Meu Deus, Susan. Não podemos fazer nada.
— Não estou sugerindo isso.

Eles estão sentados sob o brilho da luminária, de mãos dadas, ainda de mãos dadas mesmo enquanto brigam sobre o que fazer com um filho como eu. A cabeça de mamãe está no ombro de papai, com uma segunda garrafa de vinho quase terminada.
— E então exatamente o quê?
— Ele sabe que o que fez foi errado...
— Isso não adianta.
— Vamos à escola...
— Sim, porque fomos convocados.
— Não, porque nos oferecemos. Ele é um adolescente. Eles passam por fases. Você não passou?
— Não essa fase. Não a fase de atacar as pessoas.
— Não foi...
— Escute a si mesmo. Isso não é normal, não faz parte do crescimento. E sabe o que mais me magoa?

— Você está decepcionada, eu sei. Eu também estou...

— Não, não é isso. Eu fiquei decepcionada quando ele xingou a nossa mãe. Fiquei decepcionada quando as notas caíram na escola e ele não pareceu se importar. Fiquei decepcionada quando o apanhamos fumando cigarro e de novo quando o apanhamos fumando maconha. Seria difícil me lembrar de um dia nesse último ano em que não fiquei decepcionada com o menino por algum motivo. Mas isso?

— Não vamos fazer isso agora.

— Estou envergonhada.

———

Simon costumava ficar acordado uma hora e meia a mais do que eu, porque ele era o mais velho. Eu escovava os dentes e era enfiado na cama, mas quando tinha certeza de que mamãe descera, eu a seguia.

No quarto degrau a partir do alto, com a testa apertada no corrimão, dá para espiar por um painel de vidro sobre a porta da sala de estar e ver a maior parte do sofá, metade da mesa de centro e um canto da lareira. Eu olhava até que a escuridão do hall se fechava em volta da luz da sala e a suavidade das vozes se misturava com o som de minha própria respiração, e assim às vezes nem mesmo me sentia sendo levantado, nem ouvia minha mãe me chamar de seu diabinho. Simplesmente acordava na manhã seguinte no conforto quente de minha cama.

Uma noite, Simon estava praticando sua leitura. Foi pouco antes disso que isso passou a ser um ritual comum, nós dois nos revezando para ler o mesmo livro em voz alta.

— É a minha página, Matthew. Não é a sua.

— Só quero ajudar.

— Posso fazer isso sozinho.

Ele não podia. Não muito bem. Então ele praticava com mamãe depois de eu ir para a cama e eu a via pacientemente lhe ensinar as mesmas palavras noite após noite; ela não podia tê-lo amado mais. Papai ficava relegado à ponta do sofá, onde eu não podia ver direito, só via as pernas dele esticadas e um pé com meia pousado na mesa de centro.

Foi assim que Simon leu o livro ilustrado do Rei Leão. Nanny Noo comprou para ele em um bazar de caridade e se tornou seu livro preferido, porque quando chegava a parte em que Pumba e Timão começavam a falar de Hakuna Matata, papai tentava cantar. Era muito divertido, porque ele não sabia a letra direito e sempre ia até a metade, depois se via fazendo aquela música "King of the Swingers" – que nem é do Rei Leão. Acho que você tinha de estar lá, era mesmo engraçado.

Só que nessa noite, enquanto eu estava sentado na escada de observação, eles não foram tão longe, porque quando o pai de Simba morreu no estouro de búfalos, Simon ficou em silêncio.

– O que foi, querido?

– E se papai morrer?

Eu não podia ver papai direito. Também era difícil ouvi-lo. Mas você tem de saber que tipo de resposta alguém pode dar. Meu pai teria feito uma cara engraçada de olhos arregalados e diria algo como, "Caramba, raio de sol. Sabe de alguma coisa que seu velho pai não saiba?" Em geral isso seria suficiente para tudo ficar bem, mas desta vez não ficou, porque Simon repetiu.

– E se você morrer? E se... E se os dois morrerem?

Se ele ficasse agitado, lutaria para respirar e isso pioraria as coisas. Antes de eu nascer, houve uma época em que ele ficava sem respirar por tanto tempo que sua pele ficava azul. Foi o que mamãe me contou. E mesmo quando ela explicava como ele fez uma pequena cirurgia para que isso não acontecesse de novo, mesmo enquanto me dizia, ela parecia ter medo.

– Quem... Quem iria...

Ele estava agarrando o peito. Eu devo ter parecido um super-herói, surgindo pela porta – com meu pijama ondulando feito uma capa. Provavelmente foi o choque que o tirou daquilo, e nem sei bem se ele ouviu o que eu dizia, mas o que eu disse foi:

– Vou cuidar de você, Simon. Eu sempre vou cuidar de você.

Lemos o resto da história em família. E quando chegou no Hakuna Matata, todos cantamos "King of the Swingers". Nunca vi meus pais com tanto orgulho.

———

Papai tomou o que restava do vinho e foi encher a taça. Mamãe colocou a mão na dele.

– Estamos cansados. Vamos dormir.

– Estou envergonhado de meu próprio filho.

– Por favor, não.

– Mas eu estou. E não é a primeira vez.

– O que quer dizer com isso?

– Sabe exatamente o que quero dizer, não finja que não sentiu também.

– Não se atreva. Como... Você está bêbado.

– Estou?

– Sim, está. Ele é seu garotinho, pelo amor de Deus.

Papai arriou na ponta do sofá e só pude ver seu pé com meia pousando na mesa de centro.

uma nuvem de fumaça

Jacob fechou as travas de seu lado e me viu fechar as travas do meu.

– Vai no terceiro furo – disse ele.

Eu já sabia disso.

Ele queria ter certeza.

Quando ela estava segura, peguei o controle remoto e apertei o botão ↑ dando vida ao braço mecânico num solavanco, erguendo-a lentamente no ar.

– É muita gentileza sua ajudar – disse a Sra. Greening.

Ela estava em um dia bom, em alguns ela nem falava. Acho que Jacob preferia quando ela não falava.

Ele esvaziou seu saco de urina em um jarro de plástico, enquanto eu colocava lençóis novos na cama e afofava os travesseiros.

– Acho que hoje vou para a cadeira de rodas – disse ela.

Jacob posicionou a cadeira de rodas elétrica e apoiou seu pescoço e a cabeça enquanto eu apertava o botão ↓. Na cozinha, o micro-ondas fez *ping* e ele disse:

– Eu vou. – Depois desapareceu para pegar o chá da mãe.

– Sabe onde está sua bandeja?

– Bem ali, na mesa de cabeceira. – Ela apontou, mas mesmo isso lhe custava esforço. Tinha dias melhores e dias piores. Nos dias bem ruins, ela achava difícil fazer quase qualquer coisa.

Prendi a bandeja de chá na fenda na frente de sua cadeira e ela perguntou:

— Você é assim tão bom com a sua mãe?

— O quê? Minha mãe não é...

Então ficamos em silêncio e o tempo se estendeu, interminável.

A Sra. Greening tinha um lindo pescoço longo, mas um nariz torto. Eu não conseguia decidir se ela era mais bonita do que a minha mãe.

Acho que isso não importa.

— Quer dizer...

— Aí vai, mãe. — Jacob voltou, colocando a comida da mãe na bandeja. — Cuidado, está quente.

Ele me viu. É claro que ele me viu. Espiando pela janela, observando-o, olhando a mãe dele, depois fugindo. Que diferença isso faz? Não somos todos desesperados para desabafar nossos segredos?

Recebi uma suspensão de duas semanas. Mamãe, papai e eu estávamos de um lado da mesa e a vice-diretora do outro, dizendo:

— Não podemos aceitar esse tipo de comportamento em nossa escola, na verdade em nossa sociedade.

Meus pais assentiram.

Eu suponho.

Eu encarava minhas mãos, envergonhado demais para olhar alguém. Mamãe disse o quanto eu lamentava, que eu tinha chegado em casa branco feito um fantasma e a vice-diretora disse que não duvidava disso, que a impressão dela, na realidade de sua equipe, era de um aluno calado e reflexivo.

Cerrei os punhos, cavando pequenas crescentes em minhas palmas com as unhas. Eu sentia que ela me olhava, tentava ler meus pensamentos. Quem sabe haveria alguma coisa acontecendo em casa que eles devessem saber? Alguma coisa que estivesse me perturbando?

Meus pais sacudiram a cabeça.

Acho.

Não importa, porque quando voltei à escola e assumi meu lugar para a chamada da manhã, a cara sorridente dele apareceu ao lado da minha. Jacob Greening não era do tipo de guardar mágoa.

– Foda-se. Não doeu, aliás.

Acho que foi muita coragem dele me convidar para a casa dele, mas foi o que ele fez. Ele disse: "Tenho o Grand Theft Auto, quer jogar?" E então começamos a andar juntos depois da escola. Mas eu não conseguia me concentrar nos games, mesmo aqueles que costumava gostar. Era o mesmo nas aulas. Num minuto eu estava ouvindo, interessado, apreendendo tudo, no outro, minha cabeça ficava completamente vazia.

Eu me concentrava melhor em ajudar com a Sra. Greening. Isso não aconteceu logo. Nas primeiras semanas, eu esperava na cozinha enquanto Jacob fazia o que precisava, mas depois de um tempo comecei a ajudar com uma ou outra coisa, como preparar o chá, ou sintonizar o rádio na estação que ela queria, enquanto Jacob esmagava seus comprimidos ou coisa assim.

Mas depois de alguns meses eu ajudava em tudo e acho que foi isso que me fez pensar. Você vai rir, mas pensei que talvez, quando terminasse a escola, eu pudesse ser médico.

Sei que é idiotice.

Agora eu entendo isso.

Não se trata de solidariedade. Eu já fiz as pessoas sentirem pena de mim, principalmente enfermeiras psiquiátricas – ou as recém-formadas que não tinham aprendido a se controlar, ou as maternais de olhos melosos que me olhavam e viam o que podia acontecer com seus próprios filhos. Uma aluna de enfermagem uma vez me disse que meu prontuário quase a fez chorar. Eu disse a ela para se foder. Isso deu fim a seu emprego.

Se eu olhar minhas mãos, agora. Se eu olhar meus dedos batendo no teclado, os trechos endurecidos de pele marrom escura, os nós dos dedos sujos de tabaco, as unhas roídas – é difícil pensar que sou a mesma pessoa. É difícil acreditar que são as mesmas mãos que ajudaram a virar a Sra. Greening na cama, que gentilmente passavam creme em suas escaras, que ajudaram a lhe dar banho e pentear o cabelo.

– Vamos para o meu quarto, mãe.

– Tudo bem, amor – disse ela, erguendo uma colherada de mingau quente na boca, derramando calda. – Não façam barulho demais.

As paredes do quarto dele eram cheias de antigos flyers de raves do início dos anos 90, como Helter Skelter e Fantazia. Era idiota, porque ainda éramos bebês quando aconteciam, mas ele costumava falar nelas dizendo que a dance music era muito melhor *naquele tempo*, e que agora tudo era comercial demais. Acho que ele gostava de falar disso para poder me lembrar de que foi seu irmão mais velho que lhe deu todos os flyers, antes de entrar para o exército.

Acho que era isso.

Ele não tentava parecer mais inteligente, só queria poder falar do irmão – então eu falaria do meu. Eu só pensava nisso. Só pensava nisso quando escrevi.

Abrindo o guarda-roupa, levantei cuidadosamente o balde de água com a garrafa de Coca-Cola serrada que flutuava numa camada de cinzas. Esta era outra coisa que Jacob e eu fazíamos juntos. Ele mexia numa cômoda, pegando o que restava de nosso saco de maconha de 10 pratas e começávamos a montar uma pilha na peneira de estanho.

Não sei se você já fumou um Bong de Balde antes, mas essa foi outra coisa que o irmão mostrou a ele. "Deixa você chapado pra caralho."

– Me conta o que você fez – disse ele, do nada.
– O quê?
– Sabe do que estou falando.
– Do quê?

Ele levou o isqueiro às folhas e aos poucos levantou a garrafa pela água, enchendo a câmara com uma densa fumaça branca.

– Me conte o que aconteceu, por que você saiu da escola, todo mundo fala disso, todo mundo diz...
– Todo mundo diz o quê?

Ele me olha fixamente, meio assustado. Depois fala.

– Foda-se, né? Foda-se, caguei baldes. Esse é pra você, quer?

Ajoelho-me e dou uma tragada funda, puxando a fumaça até que a água toca meus lábios, depois prendo a respiração.

Senti que ele apertou meu ombro.

Senti?

Prendi a respiração.

– Sabe do que eu estou falando – disse ele de novo, agora mais baixo. – Eu só queria que me contasse, se quisesse. Eu te falo...

Prendi a respiração e comecei a reprisar a conversa que entreouvi uma vez, quando entrei na cozinha e ele estava falando com a mãe, falando de coisas cotidianas, como o que ele fez na escola, quanta dor ela sentia, quando ela disse outra coisa. Ela disse: "Seu irmão ligou mais cedo. Ele acha a prisão tão difícil, Jakey, ele acha a prisão tão difícil."

O torpor familiar se esgueirou por trás de meus ouvidos, deixando meu cérebro lento. Foda-se. Solto o ar, enchendo o quarto de fumaça.

Ele não ouvia. Nem mesmo olhou para cima quando falei, então isso me fez perguntar se talvez eu não tivesse falado nada. Se era só um pensamento. Só que isso não faz sentido, porque foi alto, estava no quarto, então será que ele falou? Eu estava chapado demais, era esse o problema. Mas se ele falou, seus lábios não teriam se mexido? E agora não conseguia me lembrar o que foi, o que foi dito, mas a voz era conhecida, não era? Eu estava muito chapado. De repente me senti chapado demais.

– Ouviu isso?
– Ouvi o quê? – Jacob agora reacendia, preparando-se para sua vez. – Ouvi o quê?
– Não sei.
– Foi a minha mãe?
– Porra, não sei.
– O quê?
– O que eu acabei de dizer?

E me perdi de novo, o que foi dito? O que foi dito? Eu estava chapado demais.

– O que vamos jogar?

Jacob ligou o PlayStation 2, carregou Resident Evil e eu arriei no chão, olhando a tela, perdendo-me na violência e pensando em ser médico, em tornar as coisas melhores, em curar a mãe dele, em curar a minha. E havia mais alguma coisa, alguma outra coisa, escondida numa nuvem de fumaça.

esta pergunta é útil?

5	4	3	2	1
Muito	*Um pouco*	*Não decidi*	*Não*	*De jeito nenhum*

Será que você acredita em mim? As pessoas tendem a não acreditar em mim. Eu ouvia um monte de perguntas. Perguntas assim:

Esta voz – a *sua voz* – você ouve dentro de sua cabeça, ou ela parece vir de fora, e o que exatamente ela diz, e ela diz a você para fazer coisas ou só comenta o que você já fez, e você fez alguma coisa que ela tenha dito, que coisas, você disse que sua mãe toma comprimidos, para que servem, alguém mais na sua família é TOTALMENTE LOUCO, e você usa drogas ilícitas, quanto álcool você bebe, toda semana, todo dia, e como é numa escala de 1 a 7.400.000.000.000.000.000.000.000.000, e como é seu sono na madrugada, e como é seu apetite, e o que exatamente aconteceu naquela noite na beira do penhasco, em suas próprias palavras, você se lembra, consegue se lembrar, tem alguma pergunta a fazer? Esse tipo de coisa.

Mas não importa o quanto eu reflita e diga a verdade, as pessoas não acreditam em nada do que eu falo.

Tudo o que faço é decidido por mim. Há um plano. Não estou brincando. Eu tenho uma cópia dele em algum lugar. Temos reuniões, eu, uns médicos e enfermeiras e qualquer um que sinta vontade de aparecer para dar seus pitacos. Temos reuniões. São minhas reuniões, então todo mundo fala de mim.

Depois disso recebo umas folhas de papel, grampeadas, com meu plano escrito.

Elas me dizem exatamente o que eu tenho de fazer com meus dias, como entrar para os grupos de terapia daqui, do Hope Road Day Centre, e que comprimidos devo tomar, e as injeções, e quem é responsável pelo quê. Está tudo escrito ali para mim. E então há outro plano que entra em ação caso eu não me prenda ao primeiro. Ele me segue a toda parte, como uma sombra. Esta é a minha vida. Tenho 19 anos e a única coisa sobre a qual tenho controle em todo meu mundo é como escolho contar essa história. Então não vou foder com ela. Será boa, se você tentar confiar em mim.

o elefante magnólia

Na luz certa, você ainda consegue distinguir as sombras dos personagens do Pokémon debaixo da pintura.
  O quarto de Simon tornou-se um quarto de hóspedes.
  Aconteceu em um fim de semana.
  – Devíamos ter feito isso há muito tempo – papai disse.
  Ele estava na escada empurrando um rolo de pintura. Eu trabalhava nos cantos com um pincel pequeno e mamãe estava no patamar da escada arrumando pilhas para a Caridade e para Jogar Fora. Papai baixou o rolo.
  – O que quero dizer é que...
  – Sei o que quer dizer, pai.
  Ele também tinha razão. Se tivéssemos feito isso logo, teria sido absorvido pela tristeza maior, seria parte da despedida. Mas hesitando – esperando – é impossível saber quanto tempo esperar. Um ano basta? Tornaram-se dois, depois três – até que meia década escapou e o elefante no quarto é o próprio quarto.
  Por acaso, fui eu que fiz a sugestão. Foi num sábado, antes do meu avô fazer sua segunda operação no joelho. Os joelhos tendem a fazer isso de vez em quando. Ele fez a primeira seis meses antes e ficou tudo bem, mas foi difícil para a Nanny Noo. Ele ficou numa cadeira de rodas, depois de muletas, e havia muito para ela fazer, levantá-lo, movê-lo. Mamãe e papai falavam disso no café da manhã, de como Nanny Noo podia ser teimosa e o quanto de persuasão foi necessário para que ela concordasse em ficar conosco da próxima vez. Eles começaram a rir do alívio do vovô quando ela finalmen-

te cedeu. Depois, de repente, eu vim com essa, "Acham que a gente deve reformar o quarto para ele?"

Enfiamos colheradas de flocos de milho na boca e ninguém disse nada por um tempinho. Mastigamos. Mamãe foi a primeira a engolir.

— Vamos fazer isso hoje.

Em minha lembrança, o leite espirrou do nariz de papai. Mas provavelmente não. Com o tempo, a memória nos prega peças. Mas ele ficou chocado.

— Sério, amor? Sei que seu pai não se importaria se...

— Vamos deixar tudo bonito para ele, está bem?

É como tirar um gesso.

Não.

Não é assim. É um negócio muito maior. É apenas como tirar um gesso: depois que decidimos fazer, fizemos rapidamente. Não estou dando lições de como guardar luto. Só estou dizendo o que fizemos. Papai tirou as medidas do quarto com a trena e no início da tarde estávamos andando pela B&Q, Allied Carpets e IKEA.

— Pode trazer mais jornal? — chamou papai do alto da escada. Mamãe não respondeu.

— Você está bem, mãe? — Ela também não respondeu a mim.

Ela estava indo muito bem. Na B&Q, paquerou um vendedor para ter desconto nos rolos, embora eles claramente estivessem separados do balde da Grande Liquidação.

— Eu vou — papai murmura para mim. Ele limpa as mãos na toalha de papel e desce da escada. Eu fico no quarto, escutando.

— Podemos mudar a cor, Richard?

— Você gostou dessa.

— Eu sei. E gostei. Podemos?

Posso ouvir os dois se abraçando, um beijo plantado na testa.

— Se sairmos agora, vamos chegar lá antes que feche.

Enquanto saíam da entrada de carros, papai baixou a janela, acenou e apontou o polegar no ar. Eu respirei fundo, cheirando a tinta molhada. Depois borrei uma seção com a ponta dos dedos e deixei que secasse em minha pele. Sou um inútil para dar nome a cores, mas era algo parecido com terracota. Era vibrante e quente, e a um só tempo entendi que eles voltariam com branco, magnólia ou uma dessas cores que se vê nas salas de espera de consultórios mas não se nota realmente.

Quando decoramos um quarto, estamos eliminando sua antiga personalidade e lhe dando uma nova. Mamãe podia soltar o papel de parede do Pokémon e as cortinas, e os aviões nos cordões. Mas ela não queria um quarto que as pessoas comentassem; ela não queria pintar com personalidade. É o que acho, pelo menos. E pode parecer loucura, mas minha mãe é louca. Temos mais em comum do que queremos admitir.

Nós nos livramos dos pertences do meu irmão. Até o Nintendo 64 foi para um bazar de caridade, junto com três sacos pretos cheios com suas roupas. Era domingo e o bazar estava fechado, então fizemos o que a placa dizia e deixamos na porta. Parecia estranho, mas não precisávamos de cerimônia — era assim mesmo; coisas que não eram mais necessárias.

É claro que a caixa de lembranças dele ficou. Não preciso nem falar. Quando todo o resto terminou, papai a colocou com cuidado dentro do novo guarda-roupa IKEA e nós acabamos.

Acho que devia ser óbvio que, depois de uma cirurgia no joelho, meu avô precisaria de um quarto no térreo.

Talvez fosse óbvio. Ele ficou conosco até sair da cadeira de rodas e dormiu o tempo todo num sofá-cama na sala. Pelo que sei, ele nunca subiu a escada. Nem mesmo viu o novo quarto de hóspedes. Ou suas paredes magnólia.

marcos

Foi assim que nossas sombras se projetaram. O sol estava baixo no céu atrás de nós e, enquanto andávamos, minha mãe mantinha o ritmo, correndo três ou quatro passos atrás de mim, me encorajando: você consegue, querido. Está indo bem. Olhando para o chão, vi sua sombra, vi que ela recuava lentamente até minha roda da frente cruzar seus joelhos, depois o tronco, depois a cabeça enquanto me afastava. Eu realmente andava sozinho.

– Estou pronto, posso ir.
– Como? Não estou ouvindo. – Minha mãe chamava pela porta de meu quarto. – Agora, por favor. Você precisa se arrumar.

Coloquei a cara no colchão, cutucando uma mola com o queixo.

– Que horas são?
– Quase meio-dia. Precisamos sair, ou você vai perder.

Respiro fundo. Meus lençóis têm cheiro de suor e ranço.

– Eu não vou – digo.
– É claro que você vai.
– Eles vão colocar no correio.
– Não estou ouvindo. Posso entrar?
– Eu disse que eles vão colocar no correio.

Enquanto ela abre minha porta, dá uma batidinha. Depois vêm o suspiro e o menor menear de cabeça.

— O que é? Fale.
— Você nem mesmo se levantou – disse ela.
— Estou cansado.
— Eu pensei...
— Eu nunca disse que iria.

Em um só movimento, ela pegou minhas roupas no chão e as largou no cesto de roupa suja. Ficou parada ali por um tempo, olhando o quarto, percebendo o pequeno cachimbo e o saco daquela Maldita Coisa em minha mesa de cabeceira, fingindo não perceber, depois rapidamente abriu as cortinas.

— Matthew. Mas que diabos?

Minhas cortinas não eram boas, porque a luz passava pelas dobras, então achatei caixas de cereais vazias e as colei por todo o vidro.

— Ah, meu Deus... E agora?
— Deixe! Preciso delas aí. Tem luz demais.
— É para ter luz, chama-se dia. Isso aqui parece uma caverna.
— É assim que eu quero. Deixe.

Ela olhou o papelão, a mão ainda erguida para tirá-lo. Depois fechou as cortinas de novo. Virando-se para mim, plantando as mãos nos quadris:

— Se você estiver sem desodorante, sabe que pode colocar na lista, não sabe? Não posso saber de tudo que todo mundo precisa o tempo todo. Para isso serve a lista.

— Do que está falando? Quem disse alguma coisa sobre...

— Está meio abafado aqui. E eu não me importo de te comprar desodorante Lynx ou o que você quiser, mas você precisa colocar na lista porque...

— Meu Deus. Eu não convidei você a entrar.
— Não. Mas e se vier um amigo seu?
— Quem, por exemplo?

– Por exemplo, qualquer um. Como Jacob. A questão não é essa. Agora, por favor, por mim. Por favor, Matt. Mesmo que você não ligue para o que faz, eu ainda ligo.

Na vida, existem os marcos. Eventos que tornam certos dias especiais em relação a outros dias.

Eles começam antes da gente ter idade para saber deles, como o dia em que pronunciamos nossa primeira palavra correta, o dia em que damos nossos primeiros passos. Passamos a noite toda sem fraldas. Aprendemos sobre os sentimentos dos outros, as rodinhas saem de nossas bicicletas.

Se tivermos sorte – e eu tenho, sei disso – recebemos ajuda pelo caminho. Ninguém nadou minha primeira braçada na piscina por mim, mas papai me levava e me buscava de carro das aulas de natação, embora ele mesmo nunca tivesse aprendido a nadar, e quando eu ganhei o distintivo Tony the Tiger dos Cinco Metros, foi mamãe que cuidadosamente o costurou em meu calção. Então imagino que muitos de meus primeiros marcos foram os marcos deles também.

As mãos da mamãe escorregam dos quadris, depois ela cruza os braços, depois volta aos quadris.

Ela estava nervosa – era isso.

– Mesmo que você não se importe com o que fez, eu me importo.

Ela acordou cedo com meu pai e o levou ao trabalho. No carro, eles ouviram rádio. Não tenho como saber isso. Estou supondo. É o que você pode chamar de especulação fundamentada. No noticiário local, um repórter de rua tinha se colocado em uma das escolas. Não disseram qual, mas talvez a minha. O repórter falava de como as notas médias do secundário subiram pelo milionésimo ano seguido; ele falava de como os meninos estão diminuindo o hiato em relação às meninas; falaram de um leve aumento na educação doméstica e mamãe sentiu uma cambalhota na barriga. Depois ele assumiu seu sotaque regional e encontrou um grupo de meninas escandalosas – elogiando uma para a entrevista obrigatória. Hmmm, quatro A+, três As e dois Bs, dizem as meninas, sem fôlego de empolgação. Ah, e um C em matemática, ela ri. Eu odeio matemática.

Saindo do carro, papai parou.

– Ele é um garoto inteligente. Vai se dar bem.

Mamãe respondeu em voz baixa.

– Sim. Eu sei.

Estou supondo. É uma especulação fundamentada.

Parada no trânsito lento, sob uma chuva fraca – o suficiente para usar os limpadores de para-brisa, mas não o bastante para impedi-los de guinchar –, mamãe teria se permitido o pequeno luxo de imaginar a manhã perfeita.

Nessa manhã, nessa manhã perfeita, ela chega em casa e eu já saí da cama – esperando por ela na cozinha. Preparei uma torrada para mim, mas mal dei uma mordida. Estou nervoso demais.

– Pode me levar de carro, mamãe? É só que... Eu quero que você esteja lá.

– Claro. – Ela sorri. Senta-se a meu lado à mesa, roubando com insolência um pedaço de torrada. – Agora escute – diz ela.

Agora escute
               Escute.

Escute.

Parada no trânsito, ela ensaiava.

Sua voz seria perfeita. Uma voz que acalma – terna e tranquilizadora. Não a voz arranhada e tortuosa que ela tem. Não a voz exasperada de vou-contar-até-dez-e-começar-de-novo, a voz que comecei a imitar para fazê-la perder as estribeiras.

– Agora escute. Você não tem por que ficar nervoso. Você se esforçou muito. Tentou ao máximo. E, francamente, Matt. É só isso que importa.

E então aparecem as dúvidas. Ou estão ali o tempo todo, mas só agora ela as percebe. Como pingos de chuva no para-brisa. No início você pode olhar através deles, focalizar a distância, como se nem mesmo estivessem ali, mas assim que os vê, não consegue parar de vê-los. Para esta manhã perfeita, haveria a necessidade de existirem outras manhãs perfeitas: uma série de dias antes deste, onde eu realmente *me esforcei* muito, quando eu *tentei* dar o máximo de mim.

E por ora – estou supondo, só estou supondo – o carro na frente tinha arrancado havia muito e o motorista tocava a buzina. Mamãe entrou em pânico e o motor morreu.

Quando chega em casa, ela já está preparada – já pesou a decisão de me acordar e me levar, ou tomou um comprimido amarelo e voltou para a cama.

– Eu não vou – eu disse novamente. A mola da cama tangeu em meu queixo. – Não precisa pegá-los. É o que diz a carta. Se você não aparecer, eles colocam no correio.

– Mas... Isso não faz sentido. Por favor. Eu levo você.

– Não. Eu não vou.

Mamãe tem suas próprias teorias. Elas enchiam o espaço escuro ao pé de minha cama.

– Quer me magoar? – perguntou ela.

Eu rolo na cama, fim da conversa.

Não a ouço sair.

Levantei do meu selim, rodando com força os pedais. Apoiado no guidom. Estava lá, longe. Bem longe, mas chegando mais perto a cada giro das rodas.

Decolou do chão e se estendeu em direção ao céu – vidro e tijolos e concreto.

Olhei a roda da frente, vi que cruzava os joelhos dela, o tronco, a cabeça. Eu estava me afastando.

Eu consegui. Eu realmente consegui.

Você sabe como são os sonhos.

a mesma história

Só quinze minutos hoje, depois é hora da perfuração. Tenho alguns problemas de adaptação com os comprimidos – em resposta, uma agulha comprida e afiada.

Semana sim, semana não, em lados alternados.

Prefiro não pensar nisso agora. É melhor não pensar até que a injeção esteja realmente entrando.

Foda-se.
Vou para casa.

SINTA-SE EM CASA

Ainda não te contei onde moro.

Não deve importar, mas vou contar agora, porque assim você pode ter algumas imagens em sua mente enquanto lê. Ler é meio parecido com alucinar.

Alucine isto:

Um céu cor de cinzas sobre uma quadra de prédios de aluguel subsidiado, pintados de amarelo icterícia. Abro o portão eletrônico para você. Fica no sexto andar, número 607. Entre. O corredor estreito e mal iluminado é apinhado de pares de tênis velhos, garrafas vazias de Coca-Cola e Dr Pepper, cardápios de comida delivery e jornais gratuitos.

À sua esquerda fica a cozinha. Desculpe pela bagunça. A chaleira solta vapor no papel de parede verde-lima descascado. Tem um cinzeiro perto da janela e, se abrir as cortinas, pode espionar metade de Bristol.

E Bristol pode espionar você também.

O banheiro fica do outro lado do corredor, mas a tranca não fecha direito, então você vai precisar escorar a porta para manter fechada. No teto tem a carcaça de uma aranha, emaranhada na própria teia. Minha lâmina de barbear está ficando cega e eu estou sem pasta de dente.

Tenho um quarto pequeno com um único colchão de solteiro no chão e um Travesseiro de Penas de Ganso húngaro comprado na John Lewis por quase cinquenta libras. O quarto cheira a sono interrompido e maconha, e entrando bem na noite você pode ouvir meus vizinhos batendo boca acima de sua cabeça.

Na sala principal, alguns tapetes cobrem um carpete surrado. Eu passava a maior parte do tempo ali e tentava manter arrumada, mas é pequena, então parece abarrotada do mesmo jeito. Não tenho televisão nem rádio. Na mesinha de madeira ao lado da janela, tem um livro chamado *Living with Voices* e algumas pilhas soltas de meus escritos e desenhos.

No outro canto, e esticada pela parede dos fundos atrás da poltrona e das cortinas, fica a massa emaranhada de tubos de plástico, garrafas e vidros com crostas de terra e isto compõe o que sobreviveu de meu Projeto Especial.

Hoje está quente porque acendi o Aquecimento a Gás. Em geral não me incomodo, mas acendi hoje porque é quinta-feira, o que significa que Nanny Noo vem me visitar. Para ser franco, eu não queria que ela viesse porque fico preocupado de ela escorregar no gelo. Nevou muito ultimamente, mais do que já vi, e onde está começando a derreter o branco imaculado se transformou numa lama suja.

Não tenho telefone, então hoje de manhã cedo joguei umas coisas em uma sacola do Porco, vesti o casaco e fui a um telefone público no fim da rua. Disquei o número de Nanny Noo.

– É 4960216. – É como vovô atende o telefone. Ele atende dizendo o que você acabou de discar. Não tem sentido.

– Vovô, é o Matthew.

– Alô? – Meu avô tem a audição ruim, então você tem de falar alto no telefone com ele.

– É O MATTHEW.

– Matthew, sua avó está a caminho.

– Eu não quero que ela venha, por causa do gelo.

– Eu disse a ela para não ir por causa do gelo, mas ela é teimosa.

— Tudo bem, vovô. Tchau.
— Alô?
— TCHAU, VOVÔ.
— Sua avó está a caminho. Ela acaba de sair.
Não volto direto, vou até o mercadinho e compro duas batatas e uma lata de cerveja Carlsberg Special.

Não sei se você já esteve em Bristol, mas se esteve, talvez conheça aquele triângulo de grama e vidro quebrado onde a Jamaica Street encontra a Cheltenham Road — junto do abrigo de sem-teto e o Massage Parlour, onde cobram por sexo completo mesmo que você só queira se aninhar e mamar no peito. Em geral tem alguns sem-teto andando por ali, matando tempo. O meu preferido é o Porco.

Não é um nome simpático, mas é como ele chama a si mesmo. Ele parece um porco. Suas narinas são viradas para cima num focinho e ele tem olhinhos de porco por trás de lentes grossas e sujas. Ele até resfolega. Para ser franco, ele finge um pouco.

Nunca nos encontramos realmente, só ficamos nos esbarrando. Toda manhã, quando vou ao Day Centre, e toda tarde, quando volto para casa, ele sempre está ali. Em geral não faço questão de vê-lo, mas ontem à noite fiquei imaginando o que é ser um sem-teto neste clima. É mais fácil dormir com problemas se você sabe que vai fazer alguma coisa para resolver. Então hoje de manhã decidi que levaria alguns casacos e um pote de sopa instantânea de frango e cogumelo.

— Tudo legal, Amigo? — Ele sempre me chama de Amigo. Acho que não deve conseguir se lembrar do meu nome. Não somos amigos íntimos, só nos sentamos juntos às vezes.

— Legal, Porco. Frio, né?

Abri minha Special Brew. O Porco é alcoólatra, então me sinto meio culpado quando bebo com ele. Ele sacode sua Big Issue para uma mulher que usa botas de neve felpudas. Ela sorri educadamente e atravessa a rua.

Ele na verdade não é vendedor da Big Issue. Pega uma de vez em quando para chamar atenção e, se alguém quiser comprar, pergunta se podem lhe dar dinheiro em vez disso. Continuo com a intenção de lhe trazer o exemplar mais recente. Outra semana um ruivo de trancinhas e casaco acolchoado lhe passou um sermão por dar má fama a vendedores legítimos. Ele parou na rua só para falar com ele. Depois ofereceu uns oito pence em moedas e saltitou pela rua até um bar. Acho que ele tinha razão. Mas ainda assim é um babaca.

Engulo o que resta de minha cerveja. Não tem um gosto muito bom; mais parece uma bebida funcional.

– Esqueceu sua sacola, Amigo.

– Não. É para você.

Ele abre o pote, cheirando a sopa como um porco fareja trufas. Talvez tivesse esperanças de algo mais forte.

Enquanto eu cortava caminho pelas garagens vazias e subia a calçada, Nanny Noo virava a esquina com seu carro. Ela acenou daquele jeito nervoso das pessoas que não esperam ver você, ou quando têm medo de tirar a mão do volante. Esperei que ela estacionasse e a ajudei a sair.

– Eu não queria que viesse, por causa do gelo.

– Absurdo. Me ajude com essas bolsas.

Ela é muito generosa. Já te disse isso. E sempre que me visita, traz comida para nosso almoço, um extra para eu ter na semana e uma ou duas garrafas de borbulhante. É assim que ela chama refrigerante. Borbulhante.

– Tem essa também – disse ela, apontando uma caixa de plástico creme com uma alça marrom.

– O que é?

– É pesada. Pode levar?

– Sim. O que é?

– Espere e verá.

O elevador está com defeito. Sempre está com defeito e, mesmo quando não está, em geral há outro motivo para você não querer que Nanny Noo o use, como alguém ter urinado no canto, ou grafitado algo cruel sobre você. Moro aqui há mais de dois anos, desde que tinha 17, e não sei se Nanny alguma vez usou o elevador. Fico preocupado que ela caia da escada, então subo atrás dela. Ela me chama de cavalheiro.

– Veja só essa bagunça.

– Desculpe, Nanny. Eu pretendia limpar.

Um cara de 17 ainda é novo demais para sair de casa, sei disso e provavelmente eu não teria coragem de sair de minha própria casa, mas não era minha, não no começo. Eu devia falar nisso um pouco.

Na cozinha, colocamos as sacolas de comida na bancada.

– Já comprei batata – proponho. – Pensei que a gente ia fazer batata recheada.

Eu estava meio tonto da bebida e torcia para aquilo ser uma visita curta. Posso ser egoísta assim.

– Bom garoto. Mas não. Você vai ficar faminto. Vou fazer uma torta.

Com Nanny Noo é melhor não protestar demais. Ela pode ser muito teimosa. Então zanzei por ali e ajudei a cortar os legumes. O bom com Nanny Noo é que ela não fala muito e não faz muitas perguntas.

– Tem visto sua mãe recentemente?

Exceto por esta, esta ela faz. Mas não respondi. Nanny Noo sorriu e pegou minha mão.

– Você é um bom garoto, Matthew, nós só nos preocupamos com você.

– Quem se preocupa?

– Eu. E sua mãe e seu pai. Mas eles ficariam menos preocupados se você os visse com mais frequência. – Ela

apertou meus dedos e pensei que a mão dela é muito parecida com a da minha mãe: fria, como uma carne de papel.
- Como está o vovô? - perguntei.
- Ficando velho, Matthew. Nós dois estamos ficando velhos.

Tomara que ela não morra nunca.

Então comemos torta. Sentei-me na cadeira de madeira e ela se sentou na poltrona com a estampa floral e as almofadas macias. Ela passou as unhas pela parte queimada do braço da poltrona onde às vezes coloco os cigarros e começou a formar um pensamento sobre onde eu precisava ter mais cuidado. Depois olhou o que restava de meu Projeto Especial - os vidros e tubos restantes que eu não me decidia a jogar fora, mesmo depois de tanto tempo. Ela começou a formar um pensamento sobre isso também, mas depois o que realmente disse foi:
- É bom ver você, Matthew.
- Obrigado. Vou arrumar tudo da próxima vez.

Ela sorriu e esfregou as mãos, dizendo:
- Quer seu presente, então?
- Você comprou alguma coisa para mim?

Deixei a caixa de plástico no corredor, então fui pegar e coloquei no carpete na frente de Nanny Noo.
- Então, abra - disse ela.
- O que é?
- Ora, abra e veja. Empurre esses fechos aí do lado.

Acho que é um presente incomum para se comprar a alguém hoje em dia, mas Nanny viu num bazar de caridade e pensou em mim.
- Para você escrever - disse ela.

Provavelmente era a Special Brew, mas fiquei tão feliz que podia ter chorado.
- Bom, não é um computador - disse ela. - Sei disso. Mas era isso que usávamos para datilografar quando eu tinha a sua idade e elas eram muito boas. É preciso cer-

ta habilidade. Se você bater mais de uma tecla ao mesmo tempo, esses braços tendem a agarrar, e não tem botão de delete, mas, ora, achei que seria útil para escrever suas histórias.

Às vezes é difícil saber o que dizer quando alguém faz uma coisa tão legal. É difícil saber para onde olhar.

Levamos nossos pratos para a cozinha e comecei a lavar, e Nanny Noo pegou seu maço secreto de cigarros mentolados na gaveta. Eu sou a única pessoa na família que sabe que ela fuma e ela só fuma comigo. Não estou dizendo isso para me exibir, porque é um motivo idiota para se gabar. Mas de algum modo faz com que me sinta importante. Não consigo explicar.

Ela soprou a fumaça pela janela e falou.

– Dia horrível, não?

– Não. É um bom dia – respondi, limpando uma mancha de tinta de meu polegar. – É um dia muito bom.

Ela não ficou muito tempo. Descemos a escada de braços dados. E então, antes que ela entrasse no carro, me deu dois beijos: um na testa, um no rosto. Fumei outro cigarro perto das lixeiras amarelas e vi um dos meus vizinhos chutar o cachorro dele.

Mas então, só achei que devia dizer onde moro. Não é perfeito, mas é uma casa e, agora que tenho uma máquina de escrever, não vou sair daqui tão cedo.

Matthew Homes
Apartamento 607
Terrence House
Kingsdown
Bristol

Sexta-feira, 5 de fevereiro de 2010

Prezado Matthew

Passei para ver se estava tudo bem. Você desapareceu da Hope Road muito de repente na quarta-feira e não o vimos hoje também, sabe?
Estarei no serviço até as cinco da tarde, mas vou ficar com o celular ligado esta noite também, assim, quando receber esta, me ligue, se puder, para 07700 900934 (coloquei 50 pence no envelope porque sei que você nem sempre tem trocado para o telefone).

Atenciosamente,
Denise Lovell
Coordenadora assistencial
Brunel CMHT - Bristol

ELA NÃO FALOU NA AGULHA. Você vai notar que ela não falou nisso. Passou aqui para ver se estava tudo bem? Tá, sei. E se eu atendesse à porta, ficaria toda Ah, já que estou aqui, Matt, a gente podia muito bem dar a sua injeção também.
Não, obrigado.
Não hoje, Denise Lovell. Estou ocupado contando minha história, obrigado.
Ela ficou séculos na porta. Parada ali, batendo, parada ali, toc toc toc. Deve ter durado pelo menos dez minutos e eu com o cuidado de não fazer nenhum ruído, até que ela finalmente desistiu e colocou o bilhete na caixa de correio.
Mas eu preciso ter cuidado. Sou um homem mentalmente doente e as coisas já deram errado para mim.

INDICADORES DE RECAÍDA
1. Voz: Não.
2. Átomos: Não.
3. Não se envolver com a equipe de apoio: Ops.

Duas em três, nada mau.

Foi ideia de Jacob Greening que devíamos sair de casa depois do Ano 11 e alugar algum canto juntos. Nosso próprio apartamento, disse ele. Vai ser demais. Eu também pensei nisso. Era tão fácil imaginar nós dois juntos, para sempre.
Estou me apressando?
A primeira coisa que tínhamos de fazer era arrumar empregos, o que não foi difícil, porque não nos importá-

vamos com o que íamos fazer. Ele encontrou o dele em uma Kebab House 24 horas. Depois fiz minha entrevista para um emprego de ajudante num asilo para idosos. O gerente perguntou se eu tinha alguma experiência nisso e eu disse que sim, porque ajudava a cuidar de uma pessoa incapacitada, então eu entendia muito de escaras, Sudocrem, levantar, cuidar da boca, banhos na cama, comadres, cateteres, trocar lençóis, comida liquefeita e esse tipo de coisa, e que eu gostava disso.

O gerente sorriu e perguntou se eu gostaria de trabalhar no turno da noite.

Sim.

É o bastante para enlouquecer qualquer um, disse mamãe. É como falar com uma parede, disse ela. Ela falou sem parar em notas A, em faculdade. Que eu me saí bem nos testes, embora nem tivesse me esforçado, embora tivesse me recusado a parar de fumar aquela MALDITA COISA.

Ela falou sobre o meu potencial.

Eu nunca entendi o que havia de tão especial em atingir o potencial. No asilo, aprendi sobre os diferentes moradores. Sabia mais deles do que eles próprios. Cada morador tinha uma pasta guardada em uma gaveta trancada ao lado da cama. Na frente, preso com fita adesiva na capa interna, havia um curto bilhete, escrito pelo morador. Só que não era escrito realmente por ele, porque metade deles era demente demais para saber o que era uma caneta. Só faziam com que parecesse que eles tinham escrito, para tornar mais pessoal.

Podia dizer:

OLÁ, meu nome é Sylvia Stevens. Prefiro ser chamada de Sra. Stevens, por favor. Antigamente eu trabalhava como secretária e tenho muito orgulho de meus cinco lindos netos. Preciso ter minha comida cortada para mim, mas prefiro comer sozinha, então, por favor, seja paciente se isso demorar um pouco. À noite, gosto de ouvir a Radio 4. Isso me ajuda a dormir.

Ou podia dizer:

OLÁ, meu nome é Terry Archibald. Pode me chamar de Terry. Eu era marinheiro mercante e historiador. Até escrevi um livro de história, que você pode achar no escritório do gerente. Por favor, tenha cuidado com ele, porque não restam muitos exemplares. Às vezes fico confuso e posso bater em você, se me sentir ameaçado, então, por favor, continue falando para me manter calmo quando estiver cuidando de mim. Minha mulher me visita às quartas e domingos.

Ou podia dizer:

OLÁ, meu nome é William Roberts. A maioria das pessoas me chama de Bill. Cometi vários crimes sexuais horrendos contra meninas novas, inclusive duas filhas minhas, e nunca fui levado à justiça por isso. Por favor, passe minha comida no liquidificador e me dê na boca. Posso tomar um copinho de cerveja preta perto da hora de dormir.

Ou:

OLÁ, meu nome é o seu potencial. Mas pode me chamar de impossível. Eu sou as oportunidades perdidas. Sou as expectativas que você nunca vai cumprir. Sempre estou implicando com você, por mais que você se esforce, por mais que tenha esperanças. Por favor, coloque talco em meu traseiro quando me der banho e observe que a nossa merda tem o mesmíssimo cheiro.

Ignore-me. Só estou irritado hoje. Quem Denise Lovell pensa que é, vindo a minha casa, tentando me pegar? Por que eles não podem simplesmente me deixar em paz?
Ignore-me.

VOCÊ É VALIOSO PARA A EQUIPE, diria o gerente.
Eu sempre era o primeiro a me oferecer para cobrir turnos quando um funcionário adoecia. E eu nunca reclamava quando ele colocava meu nome para um serviço noturno extra. Não sei como conseguiríamos sem você, ele diria.

Eu tinha uma hora de intervalo às três da madrugada, para dormir um pouco antes de pegar o café da manhã para os moradores. Eu não ia dormir. Costumava pegar a bicicleta e pedalar pelas ruas silenciosas até o parque, a nosso banco ao lado da árvore. Às vezes Jacob chegava lá primeiro, esperando por mim, ou eu chegava primeiro e o via aparecer correndo pela entrada da frente, atravessar o caminho e passar pela grama, pedalando com tal velocidade que sua bicicleta sacudia e chocalhava, até que ele se colocava a meu lado no banco, onde ele pisava no freio e derrapava com o pneu traseiro da bicicleta, agitando a terra úmida.

Ele nos trazia cheeseburgers e batata frita da Kebab House e passávamos nosso intervalo juntos, olhando a noite, comendo porcaria, falando de nossos planos de alugar um apartamento assim que tivéssemos guardado dinheiro suficiente. Este apartamento, o nosso apartamento, a nossa vida. Era tudo tão fácil.

MAS PODEMOS AJUDAR, propôs mamãe, pairando nervosa na entrada de carros.
Ela não dormiu a noite toda. Eu a ouvi mexendo no sótão, procurando por antigos aparelhos de jantar e talheres, o bule e a torradeira que eles compraram como presentes de casamento, guardados em caixas empoeiradas. Ela de certo modo resmungava ao fazer isso. Por fim ouvi meu pai falar.
– Já chega, amor. Venha para a cama. Está muito tarde.
Agora estamos cercados pelo primeiro capítulo de minha vida, bem embalado.
– Seu pai chegará em casa daqui a algumas horas – disse ela. – Podemos levar umas coisas no carro. Por favor, nos deixe ajudar.
– Eu estou bem. Já arrumamos tudo.
Jacob tinha feito amizade com um cara da Kebab House. Hamed, acho que era esse o nome dele. Ele era o filho do dono ou coisa assim. Era alguns anos mais velho do que nós e dirigia sua própria van, que tinha suspensão rebaixada e janelas escurecidas, e metade do espaço na traseira era tomado pelo sistema de som que fazia o chão vibrar quando ele parava a nosso lado.
Ele jogou uma ponta de cigarro na sarjeta e apertou a mão de mamãe pela janela aberta.
– Então o garotão vai voar do ninho, hein?
Mamãe o fuzilou com os olhos.
Hamed esfregou a nuca e fechou os olhos para o céu.
– Um bom dia para isso, né?

Pensando bem agora, havia muita coisa que Jacob não se incomodou em embalar. Coisas como seus pôsteres, coisas como as roupas de inverno.

A Sra. Greening o estimulou desde o início.

– Você precisa ter sua própria vida, Jakey – dizia ela. – Estou tão orgulhosa de vocês dois. – Mas sua voz tremia muito, era evidente que ela sentia medo. A Care in the Community* tinha assumido seus cuidados, mas Jacob ainda fazia muito.

A Sra. Greening tinha um grampo de plástico onde prendia canetas e lápis para que ficassem mais gordos e mais fáceis de segurar. Deve ter levado séculos para fazer o cartão. Tinha a imagem de uma casa como uma criança desenharia, com fumaça saindo da chaminé, nuvens fofas no céu, o sol colorido de amarelo com um grande sorriso bobalhão na cara. Ela ficou constrangida com o desenho, porque sabia que eu era bom em artes. Foi o que ela disse quando nos deu. E pediu desculpas por não ter um envelope e que evidentemente nós não precisávamos exibi-lo.

– É incrível – eu disse.

E eu falei sério. Lembrou-me de uma coisa. Eu não conseguia situá-lo na época, mas fez com que me sentisse feliz e triste ao mesmo tempo.

No apartamento, Jacob ia grudar na geladeira seu novo ímã de abridor de garrafa. PARABÉNS PELO NOVO LAR. Mas por enquanto estava encostado no painel da van, e ele olhava sem dizer nada. Não era só a mãe dele que estava com medo. Ele também estava.

Imagino que minha mãe teve de reprimir o impulso de entrar numa caixa de papelão, na esperança de que eu a empacotasse, fechando a tampa.

– Não há vergonha nenhuma em vir para casa, se não der certo.

---

* Política britânica de desinstitucionalização que propõe o tratamento de deficientes físicos e mentais em suas próprias casas. (N. do P. O.)

Ela não disse isso em voz baixa. Certificou-se de que fosse alto o bastante para Jacob ouvir também, mesmo com os berros da música.

– Vai dar certo – rebati, olhando feio para ela.

Joguei-lhe um beijo de adeus e já vai tarde. Foi crueldade minha, mas ela não conseguia ler as letras miúdas. Ela fez aquela coisa de fingir pegar e apertar contra o peito.

Há momentos que ligam os pontinhos e formam as imagens de nosso passado; todo o resto está simplesmente preenchendo os espaços.

Tocamos a buzina, dando guinadas loucas.

O garotinho apareceu do nada, correndo pela rua, atravessando o trânsito.

Tinha um casaco laranja grande e não distingui seu rosto porque o capuz estava puxado para cima. Mas eu acho, acho, naquele momento, que ele era eu. Eu tentava fugir, mas mamãe me pegou perto da escola. Ela me carregou para os médicos e eu podia ouvir seu coração batendo através do meu capuz idiota.

Olhando no retrovisor, eu esperava vê-la correndo.

Bebê, espere. Por favor.

Não.

Ela não se mexeu. Ficou inteiramente imóvel, com meu beijo preso no peito. Ficou ali até que meu pai chegou em casa, quando ele a levou para dentro e lhe deu um comprimido.

                                            Adeus, e
                                            Já vai tarde.

NA PRIMEIRA NOITE, nenhum dos dois teve de trabalhar.

Não tínhamos móveis decentes, então colocamos nossos colchões lado a lado no chão do quarto e nos sentamos neles. Pegamos a lâmpada do hall porque foi a única que os inquilinos anteriores deixaram. E ligamos minha velha luminária na cozinha, para podermos enxergar quando cozinhássemos.

Comemos fritas de forno com feijão cozido e um monte de ketchup, e dividimos uma garrafa de 3 litros de cidra.

Dei a impressão de que foi uma merda. Não foi. Foi perfeito.

Na segunda noite, nós dois tínhamos de trabalhar.

Então às três da manhã montamos em nossas bicicletas até nosso banco ao lado da árvore e olhamos a noite se transformar no crepúsculo.

Jacob falava de animais crepusculares. Era um novo mundo que ele aprendeu e ele se exibia. Disse que ele e eu éramos crepusculares porque vivíamos principalmente no anoitecer e no amanhecer. Ele ficava animado com as coisas mais improváveis. Isso pode deixar as pessoas pouco à vontade. Jacob é uma daquelas pessoas sobre quem os outros trocam comentários aos cochichos. Dizem coisas como "Ele luta consigo mesmo, não é?" e os outros balançam a cabeça pensativamente e dizem, "Tem alguma coisa aí, não tem?"

– Você é meu melhor amigo, Jacob.

– Espero que sim, porra.

Sinto seus dedos roçarem nos meus. Não exatamente de mãos dadas, não exatamente sem estar de mãos dadas. Cada um segurando as ripas do banco.

***

Na terceira noite, fui para casa sozinho.

Tomei um banho antes de ir para a cama. Enquanto me secava, me flagrei no espelho embaçado do banheiro.

Ha.

Você não sabe como eu estava.

Só pensei nisso. Não contei nem uma vez como eu era. Disse que eu era alto e que engordava. Eu disse tudo isso, mas talvez você não se lembre. O ganho de peso é um efeito colateral comum dos meus remédios.

Denise Lovell me deu um Formulário de Informações do Paciente, com tudo listado em letras microscópicas.

EFEITOS COLATERAIS COMUNS, diz:

ansiedade;	produção aumentada de saliva;
sonolência;	alterações de apetite;
visão turva;	inquietude;
tremores;	pressão baixa;
sudorese;	constipação;
náusea;	dor ou perturbação gástrica;
tonteira;	dor no local da injeção;
depressão;	fadiga;
dores de cabeça;	dificuldade para dormir;
vômitos;	ganho de peso.

Dias felizes, hein? Você não vai querer saber dos mais atípicos.

Ah, foda-se. Por que não?

Reações alérgicas severas; infecções; pensamentos anormais; andar anormal; coceiras; baba; endurecimento da expressão facial; febre; ansiedade severa; disfunções sexuais; convulsões; pensamentos suicidas ou tentativas de suicídio; dificuldade em respirar; batimentos cardíacos irregulares; dificuldade de concentração, de fala ou de deglutição; dificuldade de permanecer parado; dificuldade de caminhar ou ficar de pé; espasmos musculares; epilepsia; pesadelos; matar o próprio irmão, de novo.

Estou me adiantando muito.

Eu ainda não estava tomando essas merdas. No espelho do banheiro, havia o contorno borrado de um jovem saudável com um novo emprego, uma nova casa e a promessa de toda uma nova vida. Eu devia ter limpado a condensação e dado uma boa olhada nele.

Queria ter feito isso agora.

Mas não fiz, então você também não pode fazer.

Matthew Homes
Apartamento 607
Terrence House
Kingsdown
Bristol

                                Segunda-feira, 8 de fevereiro de 2010

Prezado Matthew,

Estou muito preocupada com você. Eu tinha esperanças de você entrar em contato com a equipe no fim de semana, mas não tivemos notícias. E não vi você no Day Centre hoje de novo.
    Sei que você não gosta que façamos estardalhaço, Matt, e respeito isso, mas precisamos manter contato. E ainda é muito importante que você tome sua injeção de liberação lenta. Foi com isso que você concordou em sua Ordem de Tratamento Comunitário. Podemos conversar sobre isso.
    Por favor, telefone-me para 0700 900934 ou ao escritório no número 0117 496 0777 assim que for possível. Espero que tenha um bom fim de semana, de qualquer modo.

Afetuosamente
Denise Lovell
Coordenadora assistencial
Brunel CMHT - Bristol

P.S.: Também preenchi minha parte dos novos formulários do Departamento de Assistência Médica, então talvez possamos fazer isso juntos. Acho que você até pode ter o direito de receber um pouco mais de dinheiro!

TOC TOC TOC toc toc toc toc. Ela esteve aqui por dez minutos novamente, abrindo a caixa de correio, espiando por ela. Toc toc toc. Oi, Matt. Está em casa? Toc TOC TOC
 Eu sentia sua respiração.

Ela não me viu porque eu estava sentado aqui, de costas para a porta, de orelha grudada nas coisas. Já que falou no assunto, Denise Lovell, não, eu não tive um bom fim de semana. Por acaso eu senti certa pena de mim mesmo.

Nanny Noo me diz para não ligar para isso. Diz que não adianta remoer, o que importa é ser grato pelas coisas do dia a dia, que existe felicidade em uma refeição caseira ou em um passeio ao ar livre. Sei que ela tem razão também. Só que é mais fácil encontrar a felicidade em uma refeição caseira quando tem mais alguém para te passar o ketchup. Apesar de todos os nossos planos juntos, Jacob não morou muito tempo comigo. Talvez uns quatro ou cinco meses.

Nunca tivemos um Natal juntos aqui, não chegamos aos nossos aniversários de 18 anos. Sei que é idiota me importar demais com coisas assim. De qualquer modo, é minha culpa.

Eu devia contar por escrito por que ele foi embora.

Mas existem diferentes versões da verdade. Se nos encontrarmos na rua, virarmos a cara e olharmos para trás, podemos parecer iguais, sentir o mesmo, pensar o mesmo, mas as partículas subatômicas, as menores partes de nós que fazem parte dos outros, terão ido embora correndo, substituídas em velocidades inacreditáveis. Seremos pessoas completamente diferentes. Tudo muda com o tempo.

    A verdade muda.

    Aqui estão três verdades.

                                                Toc

                                              TOCTOC

Verdade nº 1

Eu ainda não tinha minha poltrona. A sala parecia maior sem ela e ele parecia menor, agachado no carpete, na luz empoeirada sob a janela. Ele enterrou a cara nas mãos. Eu não saberia dizer quanto tempo ele ficou ali, mas acho que foi muito.

Eu estava dormindo depois do turno da noite e ainda abraçava meu travesseiro caro. Foi um presente da John Lewis que Nanny Noo e o vovô me compraram, para ajudar com meus pesadelos; os sonhos que começaram a me seguir fora do sono, e assim às vezes eu tinha de cortar um pouco minha pele com uma faca ou me queimar com um isqueiro para ter certeza de que eu era real.

Não posso falar por Jacob, mas quando penso nas coisas agora, há mais nisso do que a mãe dele; eu estava me tornando um problema.

Não conversamos com franqueza. O único barulho era o som distante do trânsito, vagando pela janela. Pode-se ouvi-lo o tempo todo, mas só se percebe quando há um silêncio que precisa ser preenchido.

Não sei bem se ele me viu, até que depois de um tempo falou.

— Ela estava arriada para o lado na cadeira de novo, com o pescoço apoiado alto demais.

— Podemos falar com eles.

— É mais do que isso.

Eles mandavam pessoas diferentes, era esse o problema. Toda manhã podia ser uma nova ajudante levantando-a. Ninguém conhecia direito a Sra. Greening, nem como as coisas tinham de ser feitas.

— Era o cabelo dela — disse ele.

Repassei a conversa em minha mente tantas vezes. Imaginei a mim mesmo dizendo coisas diferentes, depois o que ele diria de forma diferente. Mudei a lembrança pelo apartamento como se fosse um móvel, ou uma foto emoldurada que não decido onde pendurar.

– O que são aquelas coisas que as garotinhas fazem no cabelo?
– O quê?
– No cabelo.
– Não sei. Rabo de cavalo, é isso?
– É, isso.

Eu costumava pentear o cabelo da Sra. Greening enquanto Jacob preparava seu chá e os remédios. Às vezes eu o lavava também. A Sra. Greening tinha uma pia especial, do tipo que se vê nos cabeleireiros, mas com partes acolchoadas que se dobravam nas bordas. Ela não sentia muito os braços e as pernas, mas a cabeça ficava formigando agradavelmente quando eu a esfregava com xampu. Era o que ela dizia, de qualquer modo. E ela dizia que eu era melhor nisso do que Jacob, porque ele puxava com muita força, mas eu não ia contar a ele porque nós dois éramos seus anjos.

– Por que está sorrindo?
– Não estou.
– Não é engraçado, Matt. Que merda.
– Eu não estava rindo do...
– Aposto que você é igualzinho. Naquele asilo, você deve tratar a todos como crianças de merda também.

Ele não pretendia dizer isso, mas ainda assim magoou.

– Não, não trato. Sabe que eu não...
– Então pare de sorrir, porra. Fiquei tentando acertar as coisas a manhã toda. Mas quanto mais agitada ela está, piores ficam suas mãos. Agora esses três dedos...

A voz dele falhou. Ele não chorou. Nunca o vi chorar. Mas acho que chegou perto.

– Esses três dedos não se mexem.

Larguei meu travesseiro no carpete e me sentei ao lado dele. A acne que tinha grudado em seu rosto por toda a escola finalmente se limpava. Ele deixava a barba crescer também. Só que não chegava a suas costeletas, então havia duas ilhas tortas de rosa-claro no alto das bochechas.

Ele tinha o cheiro de sempre; desodorante Lynx e gordura de cozinha da Kebab House.

– Não sei o que dizer, Jacob.

Ele fungou e limpou o nariz com as costas da manga.

– Não precisa dizer nada – disse ele baixinho. – Ela está totalmente sozinha.

Foi um momento estranho. Não pelo que ele disse, mas pelo modo como me olhou. Ele já me olhou assim numa outra vez. Foi há muito tempo, mas foi exatamente o mesmo olhar. Eu sabia o que tinha de fazer, só que não queria. Então repriso a lembrança de um jeito diferente.

Verdade nº 2

Nós vamos até a cozinha e, como não quero dizer nada que vá piorar tudo, passo uma água em nossas canecas sujas para fazer chá. Os problemas parecem menores se lidamos com eles com uma xícara de chá, é outra coisa que diz Nanny Noo.

Percebi o cartão de PARABÉNS POR SEU NOVO LAR que a Sra. Greening fez, ainda preso na porta da geladeira, salpicado de gordura de todas as frituras que fizemos. Quando ela nos entregou, não entendi a sensação que me dava.

Agora entendo.

No aniversário de 10 anos de meu irmão, mamãe preparou uma festa imensa. Foi no Beavers and Brownies Hut de nosso bairro, decorado com balões e faixas. Em uma mesa comprida na ponta, havia tigelas de batatinhas Hula Hoops, biscoitos e salsichas no espeto. Havia abacaxi e queijo no espeto também, só que um dos amigos de Simon pegou primeiro e comeu todos os pedaços de abacaxi, então neles só restava o queijo.

Apareceu um monte de gente, porque Simon pôde convidar amigos da escola dele e eu pude convidar alguns dos meus.

Nanny Noo e vovô estavam lá, e a tia Mel que veio de Manchester com o tio Brian e nossos três primos, e minha outra tia, Jacqueline, que mora muito mais perto, mas que não vemos com frequência porque ela e mamãe não se dão e porque ela se veste toda de preto e fala demais de magia e espíritos, e nunca deixa de fumar, nem em festas de crianças.

Fizemos um jogo em que tínhamos de colocar chapéu, cachecol e luvas grossas de lã, e depois tentar comer uma barra de chocolate com garfo e faca. Mas o mais divertido foi no fim, quando corremos pelo salão pisando nos balões, fazendo-os estourar.

Simon disse que foi o melhor aniversário do mundo.

Preparei um cartão para ele e você deve se lembrar de que eu ainda era pequeno. O que fiz foi desenhar uma casa com um sol sorridente no alto, exatamente como fez a Sra. Greening, mas o que o tornou bom foi que coloquei linhas diagonais saindo da casa, para que, em vez de ser um quadrado achatado, parecesse tridimensional. Ninguém me disse como fazer, eu pensei nisso sozinho.

Era só um entre uns cem cartões que ele recebeu e durante séculos mamãe permitiu que ele deixasse todos na sala de estar, abarrotando o consolo da lareira e a mesa de centro. Não sei se ele gostou do meu, ou se até o percebeu. Até o dia que mamãe disse que eles tinham de sair dali.

Ela estava de mau humor e ficou me falando da bagunça que estava meu quarto, que por minha causa ela parecia viver subindo uma ladeira, ela estava louca para que chegassem as férias e eu largasse de seu pé.

Eu devia ser sensível demais, porque é normal as mães perderem a paciência de vez em quando, especialmente durante as férias de verão, com dois meninos transformando a casa num caos. Ela não bateu na gente nem nada, então eu sei que eu era sensível demais. Quando sua atenção se voltou para os cartões e chegou a vez de Simon, eu chorava feito um bebê.

Simon foi direto ao peitoril da janela e pegou meu cartão. Fez uma careta e mordeu a língua como fazia quando estava concentrado; depois me disse que eu devia ser profissional. Só que ele não falou profissional direito e teve de tentar seis vezes para que a palavra saísse. Ele me pediu para mostrar como foi que fiz e passamos a tarde sentados à mesa da cozinha, desenhando juntos. Eu disse a ele que ele devia ser profissional também.

Ele balançou a cabeça e virou a cara.

O cartão que fiz para ele foi o único a ir para sua caixa idiota de lembranças, e quando o encontrei ali depois que ele morreu, e quando penso nisso agora, fico feliz e triste ao mesmo tempo.

Jacob estava encostado na bancada. Talvez sentisse o mesmo que eu, por todos os seus próprios motivos. Mas o que saía dele era raiva. Larguei os saquinhos de chá nas canecas e enchi a chaleira. Ele não precisava que eu dissesse nada. Ele podia ficar com raiva sozinho.

– Ela nem mesmo falou nisso. Pediu para tirá-los dali e não falou no assunto.

Pego o leite na geladeira e sirvo em uma das canecas. Jacob é uma daquelas pessoas que gosta de colocar o leite e o açúcar primeiro. Enquanto a água começa a ferver, ele também ferve.

– Quem faz uma coisa dessas? Quem deixa a porra do cabelo de uma pessoa adulta assim? Como se ela fosse uma garotinha. Com se ela fosse a merda da boneca deles.

Minha mente estava longe.

Eu estava distraído com as ligações, encontrava-as em toda parte, porque éramos todos feitos da mesma coisa, a mesma poeira interestelar; uma garotinha e uma boneca, o sal no ar, a chuva que encharca minhas roupas. Ele está me pedindo, pare. Pare. Pare. Suas mãos trêmulas estão agarradas à lanterna. Ele tenta correr, de seu jeito idiota de correr, recurvado para frente com as pernas bem separadas. Ela quer brincar com você, Simon. Ela quer brincar de pique.

Jacob bate o punho na superfície, chocalhando pilhas de pratos sujos, fazendo os talheres caírem no piso de linóleo seboso.

– Você não está ouvindo. Você nunca me ouve.
– Eu estou...
– Qual é o seu problema?
– Nenhum.
– Então vê se me ouve, merda.
– Desculpe...

 Ela não disse nada porque ficou constrangida demais, ou com medo de constrangê-los. Como se eles ligassem. Ela só ficou sentada ali, olhando a parede, olhando a porra da janela enquanto eles faziam o que queriam.

 Ele parou da mesma forma súbita com que começou.

 Eu queria sacudi-lo. Queria gritar que ele não podia ficar em casa com ela para sempre, que foi ideia dele morarmos juntos, antes de mais nada. Ele não podia me abandonar agora.

 Mas não fiz isso. Escutei a chaleira ferver. Vi o vapor se transformar em gotas de água no papel de parede. Sentia Jacob me olhando e me lembrei de ele já ter me olhado daquele jeito.

Verdade nº 3

Ele não falou muito.

Ele não é do tipo que diz as coisas, não as coisas importantes, como mães, irmãos e o que sentimos por dentro. Não se vê Jacob Greening recurvado sobre uma máquina de escrever, manchando o papel com segredos da família.

Estávamos em meu quarto. Colocamos um CD por um tempo e não me lembro o que ouvimos, só que ficava pulando e tivemos de desligar. Estávamos chapados, disso eu sei.

Ele vinha comprando uma erva decente daquele cara, Hamed, e tínhamos atualizado nosso balde caseiro e usávamos agora um bong alto de vidro comprado num mercado de St. Nick como uma espécie de presente de mudança de casa.

Eu já não fumava muito nessa época, mas consumia tranquilamente 15 gramas por semana. Denise Lovell acha que este era grande parte do problema. Quando contei a ela sobre os desenhos que eu costumava fazer, que parecia que minha mão se mexia sozinha, ela disse que eu já devia ser doente mental, só que ninguém sabia.

Jacob era ruído de fundo. Havia algo sobre a mãe dele, o que fizeram no cabelo dela.

Ele segurava meu travesseiro, abraçando-o.

Eu estava com o bloco de desenho aberto diante de mim e olhava a caneta rabiscar a página.

Acontecia tão rápido, que não sei o que estava desenhando. Só que tomava forma exatamente como se tivesse vida própria. No meio havia uma caixa, não plana na página, mas em três dimensões, como o cartão que fiz para Simon anos antes.

— Pare com isso.

E, estendendo-se em volta como tentáculos, havia uma série de tubos, cada um ligado a caixas menores, caixas não, cilindros.

— Mas que merda, o que está fazendo?

Formavam um anel em volta do centro. Mais tubos ligavam estes uns aos outros, e de novo para fora, a um segundo anel de cilindros e um terceiro.

Ele me arrancou o bloco.

— Mas que idiotice, para com isso.

Não estava só nessa página. Desenhei sem parar. Podia ter desenhado isso por dias.

Jacob o rasgou, rasgando cada folha em pedacinhos.

— São meus — eu disse.

— Você está pirando, cara.

— É meu último bloco de desenho.

— Então faça alguma coisa diferente. Jogue XBox comigo.

Levantei-me e fui até a parede. Não era como se eu estivesse mexendo a caneta, era como se observasse acontecer.

— Vamos perder nosso depósito — pediu ele.

— Eu não vou a lugar nenhum.

— Por favor...

— O que é? O que você quer? Estou ocupado. Não dá pra ver que estou ocupado, merda?

Gritei com ele. Não era a minha intenção, mas minha voz saiu de mim. Ele parecia ter medo e de repente senti vergonha. Voltei-me para a parede e vi outro cilindro tomar forma diante de mim.

— Desculpe. Estou ocupado, é só isso, você está vendo que estou ocupado. Preciso fazer isso.

O som do trânsito distante vagou pela janela aberta e outro som também. Eu não conseguia distinguir. Jacob fumou dois cigarros antes de pronunciar outra palavra.

– Lembra a escola – disse ele por fim. Ele falou muito baixo, como se tivesse medo de que a lembrança o ouvisse e fugisse dele. – Lembra o primeiro dia, quando você me emprestou a gravata?

Senti a caneta cair no carpete.

– Já faz muito tempo, não é?

– É. Eu nunca vou me esquecer.

Dei a ele minha gravata e ele passou por dentro da gola. Depois ele se virou para mim, impotente.

Agora eu não precisava olhar para ele. Sabia que me olhava exatamente do mesmo jeito. Mudo a lembrança como um móvel, mas sempre termina aqui. Ele não precisava só que eu emprestasse a gravata. Precisava que eu desse o nó também.

Somos egoístas, minha doença e eu. Só pensamos em nós mesmos. Moldamos o mundo a nossa volta em mensagens, em sussurros secretos falados só para nós.

Fiz uma última coisa por alguém.

– Está tudo bem – eu disse. – Eu entendo.

Jacob não podia ficar, não era justo obrigá-lo a isso.

– Desculpe, Matt.

Não chorei. Ele nunca me viu chorar. Mas cheguei perto.

– Você precisa cuidar de sua mãe – eu disse. – Ela precisa de você.

Eu nos mantive amarrados por Jacob. Dei a ele minha permissão para ir embora. Ele disse que ainda íamos nos ver o tempo todo.

Acho que isso nos tornou amigos.

                                       Toc
                                   TOCTOC

TEM UMA AVE MORTA. Está no chão ao lado das lixeiras amarelas, e isso me deixa meio perturbado.

Não a notei no começo, porque fiquei de vigia para o caso de Denise aparecer na esquina com o carro dela e eu ter de correr para dentro. Estou sem tabaco, então tenho fumado um dos cigarros mentolados secretos da Nanny Noo e só percebi a ave morta quando joguei a guimba no chão e fui pisar.

É uma galinha. Não sei de que tipo, mas é bem pequena e não tem penas, nem olhos. Está num pedaço de neve derretida e eu sei que devia colocar na lixeira ou coisa assim. Não parece certo deixá-la ali no frio. Mas não consigo fazer isso. Não consigo me obrigar a fazer nada hoje.

DEPOIS QUE JACOB FOI EMBORA, decidi que iria para casa também.

Tomei a decisão enquanto ele desaparecia na van de Hamed, deixando-me parado na calçada, acenando como um idiota de merda. Ao subir a escada, eu não tinha energia; não queria ficar ali sozinho. Pensei em primeiro telefonar para mamãe, pedindo-lhe permissão, embora eu soubesse que não precisava disso. Ainda tinha minha chave. Podia entrar pela porta dos fundos e ela desceria a escada correndo.

– Não posso fazer isso – eu diria. – Você tinha razão. Sou novo demais. Eu devia ficar em casa.

Ela abriria um sorriso e reviraria os olhos, e nós daríamos uma gargalhada juntos.

– Venha cá, venha cá.

Ela me envolve nos braços. Eu enterro a cara em seu roupão.

– Desculpe, mãe.
– Ah, meu bebê, meu bebezinho.
– Eu fiz o melhor que pude.
– O que vamos fazer com você?
– Acha que é tarde demais para eu ir para a faculdade?

Ela me beija e sinto seu hálito, um leve cheiro de decomposição. Procuro me afastar, mas ela me abraça muito forte.

– Você está me machucando um pouco.
– Shhhh, shhhh.
– É sério. Solte.
– O que vamos fazer com você?

— Pare de dizer isso. — O cheiro fica mais forte, enchendo a sala. Não é do hálito dela. Tem alguma coisa na mesa da cozinha. Olho por cima de seu ombro. — O que é isso? Não gosto, mãe.

— Shhh, cale a boca.

— Eu não gosto. Você está me assustando.

— O que vamos fazer com você?

— O que está havendo?

A boneca está nua, coberta de terra molhada, seus braços brancos esticados pela mesa, a carinha torta para nós. Olhos de botão fitam através de mim.

Ha.

É um faz de conta, só isso.

Depois de Jacob ir embora, imaginei ir para casa. Mas nunca fui. Estava ocupado demais enlouquecendo.

— Você é valioso para a equipe — disse o gerente.

Ele se recostou na cadeira e afagou sua gravata do Rudolf, a Rena do Nariz Vermelho, fazendo o LED do nariz do Rudolf piscar. Eu tinha trabalhado o Natal todo e pedia turnos no Ano-novo também.

— Continue o trabalho firme e vamos colocar você no esquema do prêmio nacional. Pode sorrir, Matt. Estou lhe fazendo um elogio.

— Posso trabalhar no turno da noite?

— Eu já disse que você pode trabalhar no turno da noite.

— E o dia todo?

Ele fez uma cara constipada para o quadro de horários.

— Precisamos ter cuidado para você não trabalhar horas demais. A legislação do...

— Preciso do dinheiro.

Ele me deu os turnos, como sempre. Eu trabalhava o tempo todo para pagar meu aluguel e porque não queria ficar em casa sozinho. Para ser franco, eu me sentia muito solitário nessa época. Então, quando não estava no asilo, mergulhava em meu Projeto Especial.

Na verdade, eu nunca parei.

Esta doença tem uma ética de trabalho.

Matthew Homes
Apartamento 607
Terrence House
Kingsdown
Bristol

                                Quarta-feira, 10 de fevereiro de 2010

Prezado Matthew

Por favor, entre em contato ou comigo (07700 900934) ou com qualquer um da equipe da Hope Road (0117 496 0777) assim que for possível. É importante que combinemos de você tomar sua injeção de liberação lenta, que já está uma semana atrasada.

Espero que esteja tudo bem.

Denise Lovell
Coordenadora assistencial
Brunel CMTH - Bristol

                                                Insistente, ela, não?

                    eu estou bem
                    eu estou bem

                                                vai se foder
                                               vai se foder
                                               vai se foder

EU LHE DEI UMA VISITA GUIADA.

Você o viu no canto, estendendo-se pela parede. Você foi educado demais para dizer alguma coisa, para fazer alguma pergunta? Os tubos alastrados e vidros com crostas de sujeira.

Estranho, não?

No começo não sei o que significava, porque não era eu que fazia os desenhos. Ele estava mexendo minha mão, raspando minha caneta no bloco e na parede do quarto.

Sua poeira interestelar.

Seus átomos.

Eu acordava na minha sala, ainda com as roupas de trabalho da noite anterior; calça cinza e meu jaleco de enfermagem branco, enrugado e suado. Minha boca estava seca, o pescoço e os ombros doíam. Ao meu redor estariam novas matérias-primas. Eu não conseguia me lembrar de onde vinham. Era o mesmo todo dia, mais coisas aparecendo. Uma vez, pegando a mochila, cortei o polegar com um caco de vidro. A dor talhou a névoa; eu tinha revirado as lixeiras e caixas de reciclagem. Como núcleo, um pote de sorvete. Potes e garrafas de vidro para os elétrons em órbita. Eu tinha enchido sacolas com terra molhada, derramando no carpete. Havia mais tubos de plástico roubados do trabalho. Tubos para sugar o ar de um tanque, tubos para urinar num saco.

E fita adesiva. E massa adesiva.

Podia até ser divertido.

A dor aguda dava lugar a um latejar surdo, e senti minhas mãos começarem a se mexer. Eu podia trabalhar por horas a fio, sem comer nem beber nada. Seis, sete, oito horas, abrindo cuidadosamente buracos em tampas sujas de geleia com a chave de fenda de meu canivete suíço, conectando com os tubos e selando qualquer espaço.

— Está em casa, querido?

Não a ouvi bater. Só a sua voz penetrou. A caixa de correio se fechou num baque.

Nanny Noo estava parada na luz azulada do corredor com uma sacola da Tesco em cada mão. Ela sorriu.

— Achei que tinha ouvido você. Não estou interrompendo nada, estou? Eu estava de passagem e...

— Não pode entrar.

— Trouxe alguns mantimentos, pensei que podíamos...

— Não pode entrar, Nanny.

— Mas...

— Estou atrasado para o trabalho.

— É tarde, é hora do jantar.

— Estou trabalhando no turno da noite.

— Então deixe que eu leve você. Podemos colocar isso rapidamente na cozinha, só vai levar um minuto. — Ela começou a empurrar a porta para entrar. Eu fiquei no caminho. — Qual é o problema? — perguntou.

— Nenhum.

— Matthew, querido. Tem lama em toda sua calça.

— Tenho?

— Isso é sangue?

— O quê?

— Em cima, aqui.

— Eu cortei o polegar.

— Deixe-me ver.

— Preciso ir, Nanny, estou atrasado.

— Você nem mesmo colocou um curativo. — Ela baixou as sacolas e começou a mexer na bolsa. — Sei que tenho um aqui em algum lugar. Nunca se sabe quando...

— Por favor, não precisa fazer alarde.

– Não é alarde. Aqui está. Agora me dê sua...

Ela pega minha mão. Eu a puxo.

– É sério. Tenho coisas a fazer. Não pode aparecer aqui e achar que vai entrar. Estou ocupado, tenho coisas a fazer.

– Sim. Claro. Claro, querido. Desculpe.

Acho que ela ficou meio magoada. Largou o curativo na bolsa e fechou. Começou a dizer mais alguma coisa, mas eu fechei a porta.

Eu a vi pelo olho mágico.

Ela parecia preocupada, mas não bateu novamente. Levantou a mão para a porta e a manteve ali por um tempo, mas não bateu. É assim com a Nanny, ela nunca impõe sua presença a ninguém, por mais que queira.

Ha.

Ela parece uma vampira. Precisa ser convidada a entrar.

Vou lhe dizer isso quando a vir de novo. Ela vai gostar muito. Ela vem me ver em quintas alternadas, mas hoje não é a minha vez. Terei de me lembrar da piada de vampiro na semana que vem. Você tem muito de seu avô, ela vai brincar. O mesmo humor negro. Ela diz que não sabe o que fazer conosco, mas dá para ver que gosta de verdade. O que ela NÃO vai gostar é do que estou fazendo agora; toda essa fuga do Day Centre para escrever minha história, ignorar as cartas de Denise Lovell e não tomar meus remédios.

Ela não vai gostar disso nem um pouco.

Se não fosse por Nanny Noo, eu não daria a mínima, mas quando uma pessoa gosta de você como a Nanny gosta, sei que não é legal deixá-la preocupada. Ela vai ficar preocupada desta vez e esteve preocupada da última também. Eu a vi pelo olho mágico, esperando, cheia de esperanças. Deixou as sacolas de compras na minha porta e desapareceu.

Isto se chama um genograma.

É uma árvore genealógica desenhada pelos médicos. Serve para que eles vejam que galho traz a fruta podre.

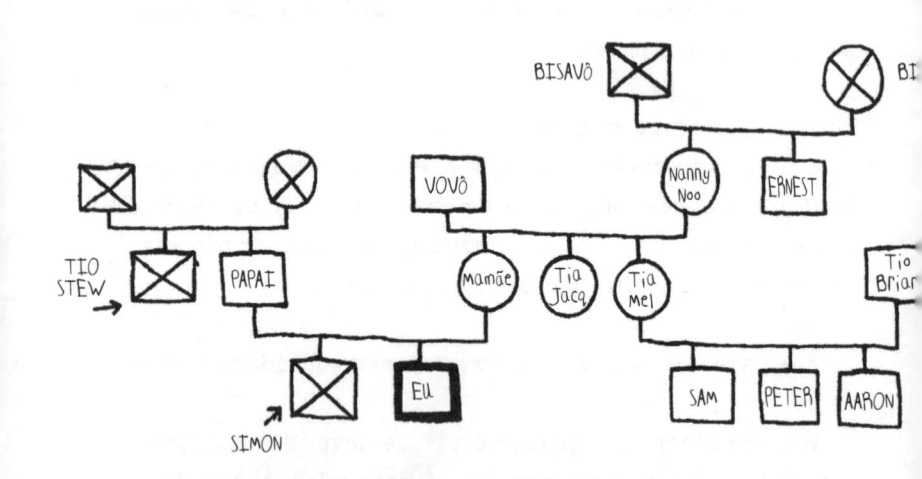

Este sou eu na base, acenando para você. Sou homem, então entro em um quadrado. E como este é meu genograma, entro em um quadrado mais grosso. Simon está a meu lado e ele também entra num quadrado, mas com um X, o que significa que ele está morto.

Suba um ramo e à esquerda está meu pai.

Oi, pai.

Ao lado de papai está o tio Stew, ele morreu de câncer pancreático quando tinha 38 anos. Tão triste, diziam as pessoas. Tão novo, diziam as pessoas. E terminar assim, diziam as pessoas. Subindo novamente temos os pais de meu pai; XX. Papai vem de uma longa linhagem de mortos.

Mamãe está num círculo e de seu lado da árvore há mais vida. Lá está a tia Jacqueline ao lado dela, depois

a tia Mel, que é casada – com uma linha horizontal – com
o tio Brian. Eles têm três filhos; meus primos Sam, Peter e Aaron. Continue subindo. Agora, cuidado. Uma vez,
Peter caiu de uma árvore. Machucou-se tanto que ficou
na UTI por quase uma semana e todo mundo teve medo de
que pudesse morrer. Mas não morreu.

Veja só, não tem X.

Nanny Noo e vovô estão mais acima. E no topo estão
meu bisavô e minha bisavó, que faleceram com um mês
de diferença um do outro quando eu ainda era bebê. Em
algum lugar tem uma foto deles me segurando e o bisavô
estava fazendo uma cara de nojo engraçada porque eu
tinha sujado a fralda.

Se você se acostumar com a subida, poderá olhar em
volta e ter uma visão geral. Existem milhões de árvores
como esta, mas ainda não encontramos a fruta podre,
então não desça.

– Isso é borbulhante?

Ponho a mão numa das sacolas que Nanny Noo deixou
para mim. Ela chegou ao final do corredor, prestes a descer a escada. Parou e se virou.

– Tem algumas coisinhas – disse ela. – Trate de comer
os legumes.

Bebi a garrafa de Coca-Cola. Não tinha tomado nada
o dia todo.

– Não vou te interromper, querido.

– Lembra quando fiquei com você e o vovô? Sabe, quando eu era pequeno. Quando fui morar com vocês um pouco,
depois, depois que Simon...

– Claro que me lembro. O que tem isso?

– O vovô me levou a sua horta, para eu largar do seu
pé. Lembra?

Nanny estava na minha porta de novo, mas ainda não
a convidei a entrar.

– Matthew, você está com os olhos arregalados. Parece tão cansado.

– O vovô me ajudou a levantar as lajes pesadas de concreto, para eu procurar formigas.

Nanny sorriu.

– Ele disse que você gostava de fazer isso. Disso e de brincar com seus jogos de computador.

– Eu gostava mesmo.

– Por que não tomamos uma xícara de...

– Eu gostava porque me lembrava de quando Simon e eu fazíamos isso juntos. Na nossa casa, quero dizer. No nosso jardim. Me fazia pensar que ele queria uma Fazenda de Formigas. Sabe o que é isso, Nanny?

– Não, meu querido. Minha memória não é...

– Não. Bom, a mamãe disse que ele não podia ter. Mas não foi nada demais, e mesmo que ele tivesse ficado decepcionado, teria esquecido em meio segundo porque ele nunca se importou de verdade com coisas assim. Quer dizer, ele nunca reclamava nem nada, não é?

Nanny sorriu de novo, mas foi um sorriso triste.

– Não, ele não reclamava. Ele era um bom menino.

– Era o melhor – vociferei.

Nanny ficou assustada, mas eu nem levantei a voz para ela. Eu não estava com raiva, não era isso. No máximo, quem estava assustado era eu, a maneira como a adrenalina pode se apoderar das palavras e começar a soltá-las mais alto e mais rápido, e elas se misturam.

– Ele era o melhor, Nanny. Então eu decidi fazer uma para ele. Depois dele... pro aniversário. Depois dele... Porque os mortos ainda fazem aniversário, não fazem?

Nanny não respondeu, estendeu a mão para afagar meu cabelo.

– Só que nunca fiz, não na época. Eu ia fazer, levei um vidro de geleia vazio para o jardim, mas aconteceu uma coisa. Quando eu procurava as formigas, quando eu estava cavando o chão. É difícil de explicar. Eu me senti perto dele, como se ele ainda estivesse lá. Aconteceu outras vezes também, mas essa foi a primeira vez e eu estive pensando muito nisso, que nunca fiz a Fazenda de Formigas para ele.

Segurei a mão de Nanny no meu rosto, ela estava tremendo.

— Sabe do que somos feitos, Nanny?

Ela não sabia o que dizer e começou a falar alguma idiotice, tentando mudar o clima.

— Lesmas e caracóis e filhotes de cachorro...

— Estou falando sério.

— Você parece tão cansado.

— Somos feitos de coisinhas mínimas chamadas átomos. Aprendi isso na escola uma vez e estive lendo sobre eles. Aprendendo sozinho. Como são os diferentes átomos, coisas assim.

— Está um pouco além da Nanny, meu anjo.

— Está além de todo mundo. É só isso. É uma coisa que eu sei. Acha que as lembranças também são feitas de átomos?

— Eu sinceramente não...

— Bom, elas são. Têm de ser. Tudo é. Então você pode construí-las, sabia? Fazer com que parem de ser lembranças e as tornar reais de novo, com os ingredientes certos, com o tipo certo de átomos e tudo.

— Por que não vamos tomar um pouco de ar fresco?

— Posso lhe mostrar o que estive fazendo, se quiser.

Deve ter sido difícil para ela e eu também não conseguia explicar direito. Explicar meu Projeto Especial era como tentar explicar um sonho, como eles podem fazer sentido até baterem na realidade, quando de repente se decompõem.

— Pode me ajudar, se quiser.

Nanny não respondeu. Parecia meio desequilibrada, empalidecia.

Nanny Noo me visita em quintas alternadas e nas outras quintas ela visita Ernest. Eu não o conhecia, e não sabia nada sobre ele até as férias escolares em que a tia Mel, o tio Brian e os três meninos vieram ficar conosco. Eu tinha 7 anos, ou talvez 8.

Foi ótimo, porque, enquanto os adultos conversavam bebendo vinho e comendo pedaços de queijo, nós, as crianças, pudemos ficar acordadas até tarde, dividindo os doces que Nanny Noo e vovô tinham nos trazido. E foi melhor ainda porque nossos primos eram melhores em xingar e brigar do que nós, e embora Sam e Peter tivessem a nossa idade, Simon e eu ainda os idolatrávamos. Aaron é o mais velho. Foi ideia dele que construíssemos uma barraca no quarto de Simon, entrando nela agachados com uma lanterna para tomar sorvete, enquanto ele tentava nos assustar com histórias do que acontece quando você é do secundário, que se você não se adaptar ali, ou se usar os tênis errados, os mais velhos enfiam sua cabeça na privada e dão descarga.

– Como você sabe? – perguntou Peter. – Você ainda nem começou lá.

– Todo mundo sabe – insistiu Aaron.

– Então é melhor você se preocupar. Porque vai acontecer com você também.

– Cai fora.

– É – disse Sam, aproveitando uma chance de atacar o irmão mais velho. – Vai acontecer com você também.

– Não vai, não.

– Vai. Vai.

Aaron deu um soco forte no braço de Sam.

– Cala a boca. Não vai. Porque se alguém chegar perto de mim, eu vou mandar o tio Ernest pra cima dele. E se você não calar a boca, vou mandar ele te pegar também.

Os dois meninos mais novos ficaram em silêncio. Simon levantou outro dedo molhado de sorvete.

– Quem é o tio Ernest?

– O quê? Você não sabe quem é o tio Ernest?

Nós dois balançamos a cabeça.

Aaron sorriu e Sam cochichou, animado.

– Conta pra eles, Aaron. Como você contou pra gente, com a lanterna.

Aaron nos fez apagar as lanternas. Depois colocou a dele no queixo para que só víssemos seu rosto, flutuando no escuro – como se faz nas histórias de fantasmas. Ele nos fez jurar que não contaríamos uma palavra daquilo.

– Nós juramos.

– Jura que quer cair mortinho?

Assenti, gravemente.

– O tio Ernest é irmão da Nanny – explicou ele. – Mas a gente nunca o vê porque...

– Conta direito – guinchou Sam. – Faz a coisa com o machado.

– Cala a boca, idiota. Vai estragar tudo.

– É, cala a boca – disse Peter. – Deixa o Aaron contar.

Aaron colocou um chiclete na boca e ajeitou a lanterna.

– A gente nunca o vê porque ele fica trancado... no porão escuro e frio de um manicômio.

– Um o quê?

– Vocês dois não sabem de nada, né?

– Parece uma prisão – disse Peter, prestativo. – Onde trancam os lunáticos.

Simon soltou um suspiro audível. Eu não conseguia ver seu rosto direito, mas ainda o imagino em minha mente, mesmo agora.

Existe um medo que se sente quando morre alguém que você ama, não é? Especialmente quando você é novo e pode ter medo de que com o tempo não vá conseguir mais imaginá-lo direito. Ou que o som de sua voz se misture com outras vozes e assim você não poderá mais ter certeza de como era.

Eu não me preocupava com isso.

A voz de Simon era toda malícia e excitação enquanto ele se curvava para mais perto e cochichava:

– O tio Ernest é lunático?

– Ele é, Aaron? É? Conta.

Aaron limpou do rosto uma gota de saliva de Simon.

– Ele não era, não quando era pequeno. Era normal, como a gente.

– O Simon não é normal – murmurou Sam.

Mas Simon não o ouviu, ou se ouviu, não transpareceu. E ele não me viu esmagar os dedos de Sam no chão, fazendo-o gemer.

Aaron apagou a lanterna.

– Esquece.

– Não, conta pra gente. Conta.

– Última chance, é sério.

Preciso dizer que a história de Aaron não é verdadeira. Parte dela é, mas não a parte do machado. O irmão de Nanny nunca machucou ninguém na vida. O que quer que Aaron tenha descoberto, não foi isso.

Ele inventou a história para assustar Peter e Sam, e agora tinha uma chance de assustar a mim e Simon também. Isso não faz dele uma má pessoa porque ele era só um garotinho e sei que Nanny Noo se sentiu péssima com o que fez, quando ela subiu e ouviu a conversa.

– Ele era normal – disse Aaron. – Até que ele foi para o secundário, quando os outros meninos o atormentavam.

– E meteram a cabeça dele na privada?

– Exatamente – disse Aaron. – E coisas piores também.

– Foi isso que deixou ele lunático? – perguntei.

– Não. O que o deixou lunático foi o que os *bullies* fizeram com a Nanny.

Deixei que Simon segurasse minha mão.

– O que eles fizeram?

– Se calar a boca, eu vou contar. Ela ia a uma escola diferente, só para meninas. Mas eles costumavam voltar para casa juntos, ela e o tio Ernest. E como nessa época eles moravam no interior, tinham de andar por aqueles campos, onde havia plantações altas e essas coisas, então era fácil se esconder ali. E um dia foi o que os *bullies* fizeram, três ou quatro deles ou talvez até mais, e os irmãos mais velhos deles também. Estavam todos escondidos esperando que Nanny e o tio Ernest aparecessem e, quando eles surgiram, todos pularam dali. E eles seguraram o tio Ernest.

Aaron fez uma pausa para dar efeito.

– Conta do machado – guinchou Sam.

Aaron não sabia o que aconteceu com Nanny Noo, porque ele mesmo não entendia. Na conversa adulta que ele entreouviu muito tempo antes, esses detalhes ficaram trancados atrás de palavras desconhecidas. Tentei imaginar como a tia Mel falou nisso, transformando uma tragédia de família numa história para contar aos amigos, se ela parou para dar efeito também, se a história foi interrompida pela chegada da sobremesa. Penso em como o passar do tempo faz com que tudo pareça menos real.

Aaron espionava de sua Escada de Observação, o sono o dominou, depois vieram as palavras que ele entendeu. Palavras como culpa, vergonha e pesadelos – o tipo de pesadelo que arrasta você do sono e o deixa procurando por algo que não está mais ali.

– Ele se recusou a sair do quarto dele. Por um ano inteiro.

Aaron alongou a palavra inteiro, ele sabia contar uma história. Todos estávamos tão envolvidos que nem ouvimos os passos subindo a escada.

– Sempre que alguém tentava vê-lo, ele gritava sem parar até que o deixavam em paz. Então, numa noite, eles o ouviram passar pela porta, falando e rindo, como se houvesse mais alguém ali. Até que teve uma manhã que ele apareceu na mesa do café, com o uniforme da escola, o cabelo bem penteado e tomou em silêncio o café da manhã com a bisavó e o bisavô e Nanny, como se nada tivesse acontecido. Ele disse que teve um sonho horrível, que Nanny estava nele e ele ficou muito contente de não ser real. Ele lavou os pratos e deu um beijo no rosto dela, dizendo que ia trazê-la da escola para casa, como sempre, mas não podia levar a irmã à escola porque tinha uma coisa importante para fazer primeiro. Foi só na manhã seguinte, quando o bisavô estava no jardim, que ele percebeu que a porta do telheiro estava destrancada, abria com o vento. E ele ouviu o primeiro...

Aaron parou, achamos que podíamos ouvir alguma coisa. Ele estava com tanto medo quanto a gente. Simon apertou mais a minha mão. Aaron procurou as palavras certas para terminar sua história.

Ele era um bom contador de histórias. Agora trabalha num banco e todo Natal recebo um cartão dele e de sua noiva, que acho que se chama Jenny ou Gemma, ou um desses nomes. Sempre diz o mesmo: que um dia a gente se vê, vamos tomar uma cerveja quando eu for a Londres. É gentileza deles dizerem isso, fingirem que pensam que sou esse tipo de pessoa, que tem uma vida em que por acaso pode ir a Londres. De qualquer modo, mesmo que eu fosse essa pessoa, eu ainda assim não conseguiria lembrar Aaron do bom contador de histórias que ele era, porque acho que esta é uma lembrança de infância que ele prefere esquecer.

Ele olhou devagar para cada um de nós, fazendo-nos esperar.

— Enquanto o bisavô ouvia os primeiros gritos terríveis dos campos, ele olhou o telheiro e percebeu que seu machado...

O teto da barraca de repente foi arrancado, Nanny Noo assomava acima de nós.

— Seu... seu...

A essa altura você já conhece a Nanny Noo, mesmo que não a tenha encontrado. Você sabe que tipo de pessoa ela é, que ela é gentil, generosa, amorosa e paciente, que ela não tem nada de ruim a dizer de ninguém.

— Seu merdinha.

Aaron tentou pedir desculpas, mas Nanny já o estava arrastando pelo quarto. Ele ficou chocado demais para gritar enquanto ela o colocava em seus joelhos e tirava o chinelo. Instantes depois mamãe e tia Mel apareceram na porta, de boca escancarada.

— Você pode me ajudar — eu disse de novo. — Posso lhe mostrar como funciona, Nanny. Podemos terminar juntos.

Nanny olhou minha sala, seu rosto estava pálido. Acho que ela precisava se sentar, mas não havia espaço. Todo o chão, as cadeiras, a mesa, cada superfície estava ocupada. Eu tinha enchido centenas de garrafas e vidros com terra, ligando grupos deles com tubos de plástico. Os Hidrogênios já estavam prontos — era mais fácil de construir — um único próton e um único elétron. Fiz dez deles porque somos feitos de 10% de hidrogênio. Os Oxigênios deram mais trabalho, colidindo um par de elétrons de cada um para fazer as ligações covalentes. Em geral isso quebrava o vidro e assim muitas formigas escapavam. O carpete estava apinhado delas.

Nanny colocou um lenço nos lábios.

— Precisamos conseguir ajuda para você.

— Como assim? Eu estou bem. Não fique assim, Nanny. Eu vou trazê-lo de volta.

— Matthew, por favor.

— Não fale comigo desse jeito.

— De que jeito?

— Como faz a mamãe, como vocês todos fazem. Não me diga o que fazer.

— Eu não estava...

— Estava. Eu não devia ter deixado você entrar, isso é particular. Eu sabia que não podia confiar em você. Você é igual aos outros.

— Por favor, eu estou preocupada.

— Então vai para casa. Me deixa em paz.

— Não posso. Não assim, tente entender.

— Eu vou me atrasar, vou me atrasar para o trabalho.

— Matthew, você não pode...

— Pare com isso. Não me diga o que não posso fazer. Eu tenho de fazer, entendeu? Você não entende. Não quero aborrecer você, Nanny. Não é isso. Desculpe. Eu não devia ter deixado você entrar.

Nanny Noo me visita em quintas alternadas e nas outras quintas ela visita Ernest. Ela fala dele de vez em quando. Ele era bonito e ficou ainda mais com a idade. Ele sempre escova o cabelo e faz a barba antes dela o visitar, e ele ajuda a cuidar do pequeno jardim no hospital especial em que vem morando a vida toda. Alguns dias não são tão bons, mas com nossa família é assim mesmo. É o que a Nanny diz.

Ela não tem a menor vergonha dele.

— Vou trabalhar — digo. — Preciso ir.

Não sei quanto tempo ela ficou. Sozinha em minha cozinha, com a noite pressionando a janela. Ela limpou o que pôde, raspou a sujeira até machucar as mãos, até que ela estava exausta demais para continuar. O irmão dela tem uma doença, uma doença com a forma e o som de uma serpente. Ela desliza pelos galhos de nossa árvore genealógica. Deve ter partido seu coração saber que eu era o próximo.

DEPOIS DE UM TURNO DA NOITE. Por volta das três da manhã.
Quando eu não dormia, quando não tirava uma folga porque estávamos sem pessoal e porque as folgas eram deduzidas do pagamento, então, caso não tirasse, tinha 7,40 libras a mais para o aluguel.

Eu tinha acabado de ajudar um novo morador a ir para a cama depois de vê-lo se mexer desequilibrado pelos corredores escuros com a calça do pijama escorregando pelos quadris ossudos. Eu queria saber alguma coisa sobre ele, algo que pudesse dizer para ajudá-lo a se sentir à vontade, algo tranquilizador, sobre quando sua mulher podia fazer uma visita, ou seus filhos. Acendi a luz de seu quarto, destranquei a gaveta e olhei a pasta. Preso com fita adesiva à capa interna, estava seu bilhete pessoal. Mas parecia diferente dos outros, a letra era diferente. Foi a primeira coisa que notei. A maioria dos bilhetes era escrita por Barbara, a assistente sênior, que tinha muito orgulho de fazer todos bem-feitos. Mas este não era nada bonito. As palavras cambaleavam no papel, cada letra forçada demais no lápis. Eu podia imaginá-lo fazendo isso, a cara dele amarfanhada do esforço. Dizia:

> OLÁ, meu nome é Simon Homes. Mas pode me chamar de seu irmão. Estou com medo de você me esquecer. É o que acontece com as pessoas aqui. Somos esquecidos. Eu detesto isso. Lembra o que fazíamos de manhã? Nós nos escondíamos atrás da porta até

papai aparecer e depois o derrubávamos no chão. Isso era divertido. A gente se divertia muito. Não acho que você um dia vá esquecer. Eu carreguei você penhasco acima no Ocean Cove. Foi difícil, mas eu consegui e você teve orgulho de mim. Não vou deixar que você se esqueça de mim, Matthew. Eu nunca vou deixar que se esqueça de mim. Você precisa vir brincar.

Dentro de minha mente tem um quebra-cabeça feito de trilhões e trilhões e trilhões de átomos. Pode levar algum tempo. O velho se segurou em meu jaleco do uniforme, suas unhas frágeis agarrando os botões de pressão. Ele me puxou para tão perto que sua barba rala arranhou a ponta do meu nariz.

– É você, Simon? – sussurrei. – É você ali?

Ele me encarou com os olhos lacrimosos. Sua voz era distante, como muitos deles ficavam quando não eram mais donos de suas palavras, mas possuídos por elas.

– Estou Perdido, Estou Perdido, Estou Perdido – disse ele.

Eu me desvencilhei.

Estou Perdido, Estou Perdido, Estou Perdido.

No átrio, a outra assistente fumava um cigarro debaixo do olhar perscrutador de uma luz de segurança.

– Meu Deus, Matt – disse ela. – Parece que você viu um fantasma. – Sua cara flutuava para mim, mudando de forma. Passei direto por ela. Enquanto corria pelos portões, ela gritava para eu voltar. Que o turno não tinha terminado, que ela não podia cuidar dos residentes sozinha.

Estou Perdido, Estou Perdido, Estou Perdido.

Um grupo de garotos saiu de uma rua transversal.

— Tá olhando o quê, porra?

Suas caras estavam escondidas em capuzes e bonés. Só quando cheguei mais perto é que pude vê-los direito, olhar na cara deles. Precisa vir brincar agora.

— É você, Simon?

— O quê? Olha o cara, tá doidão. Tá falando do quê, seu maluco?

— Desculpe. Pensei que...

— Aí, parceiro, tem cinco pratas pra emprestar pra gente?

— O quê?

— Vamos pagar.

— É, eu tinha...

Estou Perdido, Estou Perdido, Estou Perdido.

Entrei vacilando em uma nova manhã, embaçada nas bordas. As ruas ganhavam vida sob um céu nublado. As pessoas me olhavam, apontavam ou se afastavam rapidamente. Cada uma delas o tinha dentro de si; seus muitos, muitos e muitos átomos, e cada uma delas com seu rosto, seu lindo rosto sorridente.

Não foi assustador, não foi assim.

Foi glorioso.

E então as coisas

dão uma guinada para pior.

MEUS SAPATOS SUMIRAM, substituídos por chinelos amarelos de espuma. Eu penso nisso e estou ali. Algumas lembranças se recusam a ficar presas em tempo ou lugar. Elas nos seguem, abrindo uma vigia com um arranhar metálico e vendo por olhos curiosos. Estou ali. Diante de mim há uma imensa porta de metal, coberta de tinta azul lascada. Não tem maçaneta deste lado. Não é para ser aberta deste lado. Meus bolsos estão vazios e minha calça não tem cinto. Eu não tenho ideia de onde estou. Luzes brancas oscilam de um tubo fluorescente numa grade acima de minha cabeça. As paredes são nuas, ladrilhadas com quadrados de cerâmica suja. No canto mais distante tem uma privada de aço inox polido sem assento nem tampa. O ar tem cheiro de alvejante. Este corpo não é meu, ele se funde com o espaço a minha volta e assim não posso sentir onde eu termino e o resto do mundo começa. Ando até a porta, perco o equilíbrio, cambaleio de lado, caio com força contra a privada de metal. Uma série de gotas vermelhas pinga de meus lábios, pegando um fragmento perfeitamente branco de esmalte de dente na privada. Ele desce devagar, sem peso na água escura. A vigia se fecha. Algumas lembranças se recusam a ficar presas a tempo ou lugar, elas sempre estão presentes. Alguém está dizendo que eu não fiz nada de errado: você não fez nada de errado, você está numa cela da delegacia para sua segurança porque você não está bem, está confuso, desorientado, perdido, perdido, perdido. Eu estou ali. Sinto o gosto de algodão e a pessoa está dizendo que fui sedado, que caí na privada de metal. Você quase desmaiou, estão dizendo. Eles me dão analgésicos. Estão dizendo que pode levar algum tempo, que levará algum tempo para arrumar um leito hospitalar. Serei mandado a uma ENFERMARIA PSIQUIÁTRICA. Há alguém para quem eles possam telefonar, alguém que esteja preocupado comigo? Empurro minha língua pelo chumaço de algodão e deixo minha boca se encher do gosto ferroso de sangue. Não preciso que telefonem para ninguém. Não agora. Não agora que tenho meu irmão de volta.

Bristol United
Mental Health Partnership BU

Sr. Matthew Homes
Apartamento 607
Terrence House
Kingsdown
Bristol, BS2 8LC

2/11/2010

Re: Ordem de Tratamento Comunitário

Prezado Sr. Matthew Homes

Escrevo para lembrá-lo de suas responsabilidades sob a Ordem de Tratamento Comunitário (OTC). Ao consentir com o OTC, o senhor concordou em se envolver com todo o programa terapêutico no Hope Road Day Centre e cumprir seu plano de medicação.

Atualmente o senhor não está cumprindo com estas obrigações e é importante que nos reunamos para discutir isso e decidir como podemos lhe dar o melhor apoio. Por favor, compareça a minha clínica no Hope Road Day Centre às **dez da manhã de segunda-feira, 15 de fevereiro**. Se não for capaz de comparecer a este compromisso, deve telefonar com antecedência. Se não comparecer à hora marcada nem entrar em contato antecipadamente, emitirei uma solicitação para que o senhor seja trazido ao hospital para uma avaliação formal.

Seguindo o plano com que o senhor concordou em seu OTC, uma cópia desta carta será enviada a seu contato indicado – a Sra. Susan Homes.

Atenciosamente

Dr. Edward Clement
Psiquiatra

TOC TOC TOC
  Toc toc TOC TOC. Eles estão lá fora, parados na minha porta, eles olham pela caixa de correio, eles me ouvem datilografar. Eles sabem que estou aqui.
  Nanny Noo estará com a mão no braço de mamãe e ela estará dizendo procure não se preocupar, ele vai ficar bem, ele está escrevendo as histórias dele. Papai estará andando pelo patamar de concreto, catando lixo, com raiva, sem saber onde colocar essa raiva. E mamãe continuará batendo e batendo e BATENDO com os nós dos dedos latejando, até que eu abra a porta. Eu abrirei a porta. Sempre abro.
  Nanny Noo vai avançar para me abraçar, mas eu me voltarei para mamãe primeiro. Sei de seu desespero.
  – Quer entrar? – perguntarei.
  – Sim, por favor.
  – Estou sem chá.
  – Não importa.
  – Já tem algum tempo que não faço compras.
  – Não importa.
  Avançarei até a máquina de escrever, até todas as cartas que estive ignorando. Meus pais e Nanny me seguirão. Nós nos sentaremos em minha sala, exceto papai, que ficará de pé, de costas retas, olhando pela janela, avaliando a cidade.
  – Recebemos uma carta do Dr. Clement – dirá minha mãe.
  – Foi o que imaginei.
  – Ele disse...
  – Sei o que ele disse.
  – Não pode fazer isso, querido.

– Não posso?

– Você vai ficar doente, vão colocar você no hospital de novo.

Olharei para Nanny Noo, mas ela não dirá nada. Ela sabe muito bem que lado escolher.

– O que acha, papai?

Ele não se virará. Continuará olhando pela janela.

– Você sabe o que eu acho.

    TOCTOC Toc Toc
         Toc toc   toc
              Toc Toc

Vou deixar que eles entrem. Sempre deixo.
Irei ao Day Centre: ao Grupo de Arte, ao Grupo de Fala, ao Grupo de Relaxamento e farei o que me mandarem.

Vou tomar meu remédio.

como podemos lhe dar o melhor apoio

Aqui não é tão ruim.

Passei algum tempo na sala de relaxamento. É na verdade só uma sala normal, mas tem uns pufes espalhados por ali e um aparelho de som com cassetes de música suave e de meditação. É um lugar tão bom quanto qualquer outro, se você não tem nada melhor para fazer.

Dentro de minha cabeça está uma história. Minha esperança era de que, se eu contasse, ela faria mais sentido para mim. É difícil de explicar, mas se eu conseguisse me lembrar de tudo, se pudesse registrar meus pensamentos em folhas de papel, algo para segurar nas mãos, então – não sei. Provavelmente nada. Como eu digo, é difícil de explicar.

Na sala de relaxamento, fico pensando em experimentar um dos quebra-cabeças. Tem uma gaveta cheia deles e mais alguns empilhados nas prateleiras. Vejo-me olhando um de mil peças. A foto na caixa mostrava um litoral com penhascos íngremes sobre uma praia de seixos. Pontilhando a trilha do penhasco, há pequenas choças de madeira em cores diferentes e ladeando o alto tem dezenas de trailers, como uma fila arrumada de dentes brancos.

Aquilo me lembrava muito Ocean Cove e, se eu olhasse bem de perto, talvez pudesse ver dois meninos correndo pela trilha. Ou talvez sentados na praia juntos, esmagando algas marinhas secas entre os dedos dos pés e jogando pedrinhas em uma rocha para ver qual chega mais perto. Se eu colocar a cara bem perto da caixa, talvez ouça os dois rindo. Ou praticando novos palavrões e prometendo não contar a mamãe. Mas eram devaneios. Não há ninguém na foto. E dentro da caixa tem mil peças de nada, até faltam algumas.

— Você está bem, parceiro? — Não sei quanto tempo *Estala-estala-pisca* ficou parado na porta, eu não o tinha visto.

— Estou bem, obrigado, Steve.

Viro-me, colocando uma fita cassete de flautas de pã ou canção de baleia no aparelho de som e aumentando o volume.

— Vou ouvir isso.

— Quer conversar?

— Não.

Eu não disse que prefiro ficar em paz, mas acho que é evidente, porque ele não se demora ali. Mas não sai imediatamente. Ele diz:

— Eu pretendia te dar isso.

Não foi um grande gesto, não teve fanfarra. Ele não chegou a *estalar, estalar*. Ele não *piscou*. Entregou-me o Post-it amarelo e saiu da sala.

Senti a tira de papel grudento em meu dedo. Precisei de um momento para entender.

Nome de usuário: MattHomes

Senha: Escritor_Interno

Posso estar tão envolvido comigo mesmo que fico cego à gentileza que me cerca. Ele não precisava fazer isso. Não é tão ruim aqui. Neste momento entro no computador como Escritor_Interno e tenho uma história para terminar.

de olho no relógio

Fui levado da delegacia ao hospital sem sirene nenhuma – um policial ao volante e uma assistente social sentada a meu lado na traseira, segurando meus documentos nos joelhos, retorcendo distraída um clip de papel. Minha boca ainda estava cheia de chumaço de algodão de quando caí na cela e eu sentia a lasca quebrada do meu dente da frente na ponta da língua. A voz de meu irmão chiava na estática no rádio da polícia.

Quero falar da diferença entre viver e existir, de como era ser mantido em um hospital psiquiátrico por dia após dia após dia após dia após dia após dia após dia após dia após dia após dia após dia após dia após **dia** após dia etc.

Dia 13, por exemplo

7:00
Ser acordado por uma batida na porta do quarto e o chamado para a rodada de remédios da manhã. Sinto um gosto metálico, um efeito colateral dos comprimidos para dormir.

7:01
Dormir.

7:20
Ser acordado novamente por uma segunda batida. Desta vez a porta se abre e uma enfermeira assistente entra e abre as cortinas. Ela para ao pé de minha cama até que me levanto. Ela comenta o lindo dia que faz. Não é um lindo dia.

7:22
Andar pelo corredor de roupão. Esperar em uma fila pelo remédio que não quero. Evitar olhar nos olhos de outros pacientes que estão fazendo o mesmo.

7:28
Receber comprimidos, um sortimento de cores e formas em um copo de plástico. Perguntar à enfermeira do dispensário, para que servem?

– O amarelo é para ajudar a relaxar e esses dois brancos são para ajudar com uns pensamentos perturbadores que você tem. E esse outro branco é para ajudar com os efeitos colaterais. Você sabe de tudo isso, Matt.

– Só quero verificar.
– Toda manhã?
– Sim. Desculpe.
– Sabe que pode confiar em nós.

– Posso?

Eles me olham para ter certeza de que engoli. Eu sempre os engulo. Eles sempre olham.

7:30
O café da manhã é de cereais com um monte de açúcar e uma barra de chocolate Mars que mamãe trouxe. O café é descafeinado. As canecas são dadas por representantes de farmacêuticas. Têm as marcas dos remédios que odiamos estampadas em todas.

7:45
Sentar-me no jardim de fumantes de cerca alta com outros pacientes. Alguns falam. Os maníacos falam. Mas falam besteira. A maioria de nós não diz nada.

Os que não têm cigarros filam de quem tem e prometem pagar quando os cheques chegarem.

Fumamos por séculos. Não há mais nada para fazer. Nada. Alguns pacientes têm os dedos amarelos. Um dos pacientes têm dedos marrons. Tossimos muito. Não há literalmente nada para fazer.

8:30
Um enfermeiro coloca a cabeça pela porta. Explica que é meu enfermeiro alocado para o turno. Pergunta se eu gostaria de bater um papinho. Ele não é da equipe com quem me sinto seguro para falar, então eu digo não. Ele parece aliviado.

8:31
Sair para urinar.

8:34
Continuar fumando.

9:30
Terminar o último cigarro. Sentir uma onda de pânico. Experimentar os exercícios de respiração que o terapeuta ocupacional me ensinou. Uma maníaca pisa no cigarro e começa a bancar a enfermeira. Ela me diz que os exercícios de respiração a ajudam também. Ela me diz que vou ficar bem. Ela me pergunta se quero uma xícara de chá, mas depois fica distraída e começa a falar com outra pessoa sobre os diferentes tipos de chá que a agradam. Ela não parece notar que eu saio.

9:40
Tomar um banho. Presos na banheira, os pelos pubianos de alguém. Tenho de lavá-los primeiro. Sinto um aperto no peito. Minhas mãos tremem. O pânico piora, é difícil respirar. Esqueço o banho. Saio do banheiro.

9:45
Bato na porta da enfermaria. Todo o turno da manhã está presente. Eles conversam e bebem chá, dividindo um bolo que sobrou do turno da noite.
Sinto que estou interrompendo.
– Preciso de um PRN – digo.
PRN é o nome dado ao remédio que podemos ter sempre que pedirmos. Todos os pacientes sabem disso.
– Preciso de um que me acalme – digo.
– Diazepam? Você toma com seus comprimidos regulares, Matt. Já tomou esta manhã. Leva algum tempo para fazer efeito. Pode tomar mais na hora do almoço. Por que não experimenta os exercícios de respiração?
– Já tentei.
– Por que não procura se distrair? Você podia se vestir.
É isso que fazemos para nos distrair. Coisas divertidas. Como vestir roupas.

9:50
Coloco minha calça de combate e uma camiseta verde. Amarro o cadarço das botas. Enrosco-me na cama. Durmo.

12:20
Sou acordado por uma batida na porta. O carrinho do almoço chegou. Levanto. Vou urinar.

12:25
Sentar na sala de jantar com outros pacientes e comer comida de hospital. Não é ruim. Pego duas porções de bolo esponja.

12:32
Uma enfermeira entra na sala de jantar e me dá o comprimido de diazepam. Ela não espera para ver se tomo. Ela sabe que este eu quero.

12:33
Me oferecem três cigarros em troca do diazepam.

12:45
Fumo o primeiro cigarro.

12:52
Fumo o segundo cigarro.

13:15
Uma mulher que nunca vi entra no jardim de fumantes e pergunta se eu sou o Matt?
   – Sim.
   – Oi. Sou a enfermeira da agência esta tarde e achei que podíamos conversar um pouco sobre como vão as coisas.

— Eu não conheço você.
— Podemos nos conhecer.
— Vai trabalhar aqui de novo?
— Não sei. Espero que sim.
— Pode me levar para um passeio?
— Não sei bem. Preciso ver se você tem autorização para sair acompanhado.
— Eu tenho.
— Terei de verificar. Voltarei logo.

A mulher que nunca vi na vida sai.

13:35
Fumo o último cigarro.

13:45
A mulher (que só vi uma vez na vida) volta.
— Desculpe por demorar tanto. Não conseguia encontrar suas anotações.
— Está tudo bem.
— Elas estavam bem no fundo do arquivo.
— Está tudo bem.
— Você tem permissão para sair acompanhado, mas a enfermeira encarregada disse que estamos sem pessoal hoje, por motivo de doença. Talvez não seja possível que você dê um passeio hoje à tarde. Você passeou de manhã?
— Não.
— Ah. Me desculpe por isso, Mark.
— É Matt.
— Desculpe. A enfermeira encarregada disse que sua mãe vem lá pelas quatro horas. Vai poder dar uma volta com ela. Está tudo bem?
— Sim.
— É horrível quando eles ficam sem pessoal, não? Ah, eu sinto muito, Mark.

14:00
Na sala de TV. Ouço uma discussão entre dois pacientes sobre o que eles querem ver. Penso em cortar minha garganta. Ouço Simon. Penso se a TV pode estar ligada a Simon. Penso se Simon pode transmitir pensamentos pela TV. Penso com o que me cortaria. Penso em quebrar uma caneca de café. Ouço Simon. Sento sobre minhas mãos. Ouço a discussão entre os dois pacientes. Penso em Bonecas de Pano. Ouço Simon. Penso em Átomos. Ouço Simon. Olho uma caneca de café na mesa das revistas. Ouço Simon. Simon se sente sozinho. Penso. Penso. Penso.

16:00
– Oi, querido.
  – Quero ir para casa, mãe.
  – Ah, meu bebê.
  – Não me chame assim!
Olho as coisas que ela me trouxe. Barras de chocolate Mars, tabaco Golden Virginia, caixas de suco Ribena e Kia-Ora, um bloco novo de desenho, canetas e um casaco de camuflagem da loja de excedente do exército da Southdown Road. Agradeço e procuro sorrir.
  – Matthew, querido, veja seu dente. Peça aos enfermeiros que o levem ao dentista. Por favor, por mim. Ou eu levo você. O médico disse...
  – Não está doendo. Não precisa fazer estardalhaço.
  – Quero meu lindo sorriso de volta.
  – Não é o seu sorriso.

16:10
Saio para andar pelo terreno do hospital. Digo a mamãe que estou melhor. Digo a ela que não há nada de errado. Per-

gunto se os mortos podem transmitir pensamentos pela TV. Procuro aceitar suas tranquilizações. Tento me lembrar de que ela está do meu lado. Digo que estou melhor. Pergunto a ela, eu estou melhor?

17:30
Mamãe vai embora. Chega o jantar. Como.

17:50
Sento-me no jardim de fumantes com outros pacientes. Alguns falam. Os maníacos falam. Mas eles falam besteira. A maioria de nós não diz nada. Os que não têm cigarros filam de mim e prometem que vão me pagar quando seus cheques chegarem. Não há nada para fazer.

18:30
Dou uma cagada, depois vou para o quarto e tento me masturbar. Não consigo.

18:45
De volta ao jardim dos fumantes. Está esfriando.

19:05
Ando de um lado a outro do corredor. Tem outro andando ali – um negro de trancinhas compridas e grisalhas e uma camisa aberta mostrando o peito. Passamos um pelo outro no meio. Sorrimos um para o outro. Isso é divertido. De um lado a outro do corredor, sorrindo sempre que nos cruzamos. Dizemos olá e tchau. Começamos a andar mais rápido para que um alcance o outro antes. Começamos a correr. Rimos sempre que nos encontramos, batendo as mãos num high-five. Sai um enfermeiro da sala e pede que nos acalmemos.

19:18
De volta ao jardim dos fumantes. Não é bem um jardim, é um quadrado claustrofóbico com algumas cadeiras e guimbas de cigarro apagadas tomando as lajes de concreto. Não há literalmente nada para fazer.

19:45
Vou tomar uma xícara de chá na cozinha. Dois pacientes estão se agarrando. Eles perguntam, o que estou olhando? Saio antes que a chaleira ferva.

19:47
De volta ao jardim dos fumantes. Nada.

21:40
Está escuro, hora de dormir, tem lama na minha boca, em meus olhos e a chuva continua caindo. Tento carregá-lo, mas o chão está molhado. Eu o levanto e caio, levanto e caio, e ele está em silêncio. Seus braços pendem sem vida de lado. Eu peço a ele para falar alguma coisa, Por favor! Diga alguma coisa! Caio de novo e estou abraçado a ele, seguro seu rosto no meu, seguro-o tão perto que sinto seu calor sair, peço a ele para dizer alguma coisa. Por favor. Por favor. Fale comigo.

22:00
Chamada para os remédios da noite. Espero numa fila pelo remédio que não quero. Evito olhar nos olhos de outros pacientes que estão fazendo o mesmo.

22:08
Recebo os comprimidos, um sortimento de cores e formas em um copo de plástico. Pergunto, para que servem?
– São seus comprimidos, Matt. Você precisa tomá-los.

– As outras enfermeiras me dizem para que serve.
– Então você sabe.
– Por favor, me diga.
– Tudo bem. Esses dois são para ajudar com os pensamentos difíceis e as vozes.
– Eu não ouço vozes.*
– Bem...
– Eu não ouço vozes, tá? É o meu irmão, porra! Quantas vezes tenho de dizer isso a vocês?
– Por favor, não fale palavrões comigo, Matt. Isso me intimida.
– Não estou tentando intimidar você!
– Tudo bem, por favor, então não grite.
– Eu não queria intimidar você. Eu não queria isso.
– Quer saber para que servem os outros comprimidos?
– Sim, por favor.
– Este é porque você tem os efeitos colaterais, deve ajudar com a salivação à noite. E este é seu comprimido para dormir. Na verdade, pode ficar sem ele, se quiser.
– Qual?
– O para dormir. É PRN. Não precisa tomar.
– Vou ficar sem ele. Deixa um gosto ruim.
– Um gosto de metal?
– É.
– É muito comum. Veja como se sai sem ele.
– Eu não queria intimidar você. Desculpe.

22:30
Vou para a cama. Espero o sono.

22:36
Há uma batida na minha porta, alguém diz que eu tenho um telefonema.

A enfermeira do turno da noite lê uma revista na recepção. Ela me vê levantar o fone.
— Alô.
— Desculpe, não consegui hoje.
— Está tudo bem.
— É minha mãe, ela está...
— Tudo bem.
— E como você está?
— É o Jacob, né?
— É, cara, sabe que sou eu.
A enfermeira finge ler a revista. Apertando bem o telefone no rosto, eu cochicho.
— Obrigado por telefonar.
Há silêncio do outro lado da linha. Depois:
— Não estou te ouvindo, Matt.
— Como está a sua mãe? — pergunto.
— Ela está bem. Recebeu uma cadeira nova hoje. Está reclamando dela... Diz que o descanso de cabeça a deixa parecendo uma aleijada. Quer dizer, porra. Até onde ela precisa ser aleijada?
Alguém ri. Tem alguém com ele. Pergunto o que ele está fazendo.
— E como você está? — pergunta ele.
— O que está fazendo? — pergunto de novo.
— Fumando com Hamed.
— Ah, é?
— É, cara. Ele arrumou uma erva de matar. Vou levar um pouco pra você da próxima vez, quer? Eu teria ido hoje, mas sabe como é com a...
— Não se preocupe com isso.
Eu não quero que ele fique fumando com Hamed. Não conheço Hamed. Não quero que o mundo continue girando sem mim.

– E como você está? – pergunta ele.
– Pergunte à merda do seu irmão.
– Não estou te ouvindo.
– Estou trancado.
Silêncio. Depois:
– O que você disse?
– Eu disse que estou trancado.
– Não, antes. Você disse alguma coisa sobre o meu irmão?
Não respondo. A enfermeira vira uma página da revista, olhando-me fixamente.
– Apareça amanhã, se quiser.
– Amanhã não sei, amigo. É só que...
– Ou depois de amanhã. – Estou agarrado ao fone com tanta força que os nós dos dedos doem. Posso ouvir a música de abertura de seu X-Box 360.
– Cara, preciso ir. É a minha mãe. Está me chamando. Eu vou aparecer logo, tá? A gente se fala depois.

22:39
Ouço o sinal de interrupção – o outro desligou. O outro desligou. O outro tem suas merdas para se preocupar sem ter de lidar com você também.

22:41
Desligo.

22:45
Deito-me na cama. Torço os lençóis em nós.

0:30
Levanto e peço comprimidos para dormir. Mais um cigarro. Subo na cama. Espero o sono.

1:00
A vigia da minha porta se levanta. Lanternas brilham contra meu peito por um único sobe e desce. A vigia baixa.

2:00
Idem.

3:00
Idem.

7:00
Sou acordado por uma batida na porta do meu quarto, é o chamado para a rodada de remédios da manhã. Sinto um gosto de metal, um efeito colateral dos comprimidos para dormir.

(Repete)

* eu não ouço vozes

No jardim dos fumantes, as folhas secas disparam pelas lajes de concreto ou tremem na cerca alta de tela.

Eu as olhava, esperando que ele se revelasse. Se eu mantivesse minha mente afiada, ficasse atento, ele falaria. Ele escolheu ficar comigo e não com mamãe ou papai ou com os amigos dele da escola. Ele não falava com os médicos, com as enfermeiras; eu não podia esperar que eles entendessem.

Em meu quarto, à noite, se eu ficar acordado, enchendo a pia de água fria para borrifar na cara, se a torneira engasgar e tossir antes de a água vir, ele estará dizendo estou sozinho. Quando eu abrir uma garrafa de Dr Pepper e as bolhas caramelo estourarem na borda, ele estará me chamando para brincar. Ele podia falar por uma coceira, a certeza de um espirro, o gosto que fica dos comprimidos ou como o açúcar cai de uma colher.

Ele estava em toda parte e em tudo. As menores partes dele; elétrons, prótons, nêutrons.

Se eu fosse mais perceptivo, se meus sentidos não estivessem tão embotados pelos remédios, eu poderia decifrar melhor, compreender o que ele quer dizer com o movimento das folhas ou os olhares atravessados de pacientes enquanto fumamos interminavelmente os cigarros.

comportamento de desenho

Desenhar era uma maneira de estar em outro lugar.
Minha mãe me trouxe um bloco de desenho novo e os lápis e canetas certos. Assim, quando eu não estava fumando ou tentando dormir, eu desenhava a partir da minha imaginação.
Sou um artista regular. Mamãe acha que sou melhor do que sou. Em casa, ela tem uma gaveta cheia de meus desenhos e histórias, desde quando eu era pequeno.
No aniversário de 50 anos dela, eu queria lhe dar uma coisa especial. Eu tinha 15 anos e sabia que não era o adolescente de convivência mais fácil do mundo. Queria que ela soubesse que eu a amava e que ainda me importava. Decidi tentar fazer um retrato dela, mas quando passei por papai ele disse: "Não acha que ela prefere um da família?" Entendi que ele tinha razão, então passei a fazer o da família. Decidi desenhar a nós no sofá juntos, mas queria que fosse uma surpresa, então o que fiz foi entrar na sala sempre que ela estava vendo TV, lendo ou o que fosse, e fazer anotações secretas e esboços parciais para me lembrar dos detalhes depois, como minha mãe vira o pescoço um pouco para o lado e como cruza as pernas, com um pé passado atrás do outro tornozelo.
Acho que as personalidades estão escondidas nesses detalhes e, se você capturá-los corretamente, captura a pessoa.
Já fazia muito tempo que Simon tinha morrido e eu nem pensava nele todo dia. Acho que mamãe pode ter pensado,

mas eu não. Não tanto. E nem de longe tanto quanto penso agora. Mas decidi que não era certo ter um retrato da família sem ele.

No fim, fiz algo de que me orgulho, e não digo isso com frequência. Peguei uma das fotos do porta-retrato de Simon, no consolo da lareira – aquela dele sorrindo orgulhoso com o uniforme novo da escola – e desenhei na mesinha ao lado do sofá, onde guardávamos os jornais. Desenhei mamãe ao lado dele, eu mesmo entre ela e papai. Fiz as pernas cruzadas de minha mãe com perfeição, papai mordendo o lábio inferior como faz quando está concentrado. Os autorretratos são mais complicados. É difícil capturar seu próprio ser, ou mesmo saber como ele é. No fim, decidi fazer a mim mesmo ajoelhado com o bloco, fazendo um desenho. E se você olhar atentamente, poderá distinguir o alto da imagem – e é lá que estamos.

Acho que é mais ou menos isso que estou fazendo agora. Escrevo sobre mim mesmo em minha própria história e estou contando de dentro.

Na psiquiatria, sentei-me no jardim de fumantes e desenhei meu apartamento. Pensei em minha cozinha e a desenhei, completa, com os ladrilhos lascados e papel de parede cheio de bolhas. Nanny Noo está junto da pia, descascando legumes, com o maço de cigarros mentolados na bancada. Quando desenho de memória, gosto de pensar onde eu estaria se realmente estivesse ali. Estou de pé no corredor, fora de vista. Até coloquei uma parte do batente da porta de um lado. Não ficou ruim, e eu estava bem concentrado nisso, então não notei uma paciente olhando de lado.

O nome dela era Jessica, eu acho. Ela disse que gostou do meu desenho, será que eu a desenharia também?

Quando você desenha alguma coisa que está à sua frente – em vez do lugar em sua mente onde as imagens se formam –, você passa a pensar mais em onde está e se sente ali de verdade. Não sei se isso faz muito sentido, mas é a verdade.

Jessica teve uma menina chamada Lilly, mas Lilly era má. Foi o que Jessica me disse para explicar as cicatrizes. Ela me convidou pro seu quarto e fechou as cortinas. Eu disse que seria bom desenhá-la na luz natural, mas depois ela desabotoou a blusa e tirou o sutiã e ficamos sentados em silêncio por um tempo.

Eu podia ter desenhado outros pacientes; talvez Tammy com seu roupão rosa, segurando o ursinho de pelúcia. Ela ia chorar ao ver como ficaria bonita. Eu podia ter desenhado o homem que verifica os sapatos a cada dez minutos procurando aparelhos de escuta, ou capturado o borrão e o caos de Euan enquanto ele esbarra nas paredes, procurando excitação. Eu podia ter desenhado Susan, que passava a hora do almoço pegando os saleiros de cada mesa até que Alex gritava com ela para parar e eles caíam num mau humor de várias horas. Havia o cabelo de Shreena, colado e gorduroso, que ela puxava em mechas e deixava em cima de tudo – eu podia ter desenhado isto, talvez aprendendo sua personalidade nas partes que ela escolhia esconder.

Havia dezenove leitos na psiquiatria, com novos pacientes chegando enquanto outros tinham alta – como o hotel mais biruta do mundo. Eu podia ter desenhado todos eles. Mas só desenhei Jessica. Desenhei-a seminua na meia luz de seu quarto. E eu desenhei suas cicatrizes. Ela amamentou o demônio no peito, depois cortou a dor fora.

– Está perfeito, Matt. Obrigada.

– Tudo bem.

– Está mesmo perfeito.

– Não há de quê.

Eu não queria pensar em onde estava, sentir a mim mesmo estando ali. Não desenhei nenhum outro paciente e não desenhei a enfermeira encarregada em sua sala no dia seguinte, segurando meu desenho de Jessica e balançando a cabeça devagar.

– Ela disse que ficou perfeito – protestei, fraco.
– A questão não é essa, Matthew.
– Ela me pediu para fazer.
– Ela se sentiu pressionada. Ela não está bem.
– Isso é uma merda de papo furado.
– Por favor, não use esse linguajar.
– Mas é. É uma merda de papo furado. Eu nem mesmo queria desenhar essa vaca.
– Matthew, já basta. Ninguém está brigando com você. Trata-se de limites. Todo mundo está aqui para ficar melhor e isto inclui você. Estou lhe pedindo para não entrar no quarto dos outros pacientes, mesmo que eles convidem você.
– Ela convidou.
– E estou lhe pedindo para não desenhar as pessoas daqui. Cá entre nós, vejo que você tem talento.
– Por favor, não.
– Bom...
– Não. Não preciso disso. Eu não vou desenhar mais ninguém. Já decidi. Eu nunca quis, antes de mais nada.
– Muito bem. Ora, vamos deixar como está, então. E Matt, eu não estava brigando com você.
– Posso ir?
– Claro.

Desenhei Nanny Noo na minha cozinha e o banco do parque onde costumávamos sentar com Jacob quando matávamos aula. Desenhei o mundo lá fora. Se você um dia for à casa de meus pais, verá o retrato de minha família acima da lareira. Mamãe adorou. Desenhar é uma maneira de estar em outro lugar.

comportamento de escrita

Thomas meio corria, meio cambaleava – com a calça de moletom suja de ketchup e a camisa de futebol do Bristol City. O barulho do alarme era sobressaltado e violento.

Ele desceu a rampa até a fonte que não funcionava antes de ser apanhado pelo Enfermeiro Tal e pela Enfermeira Qual, e um Terceiro Enfermeiro que naquele momento chegava ao trabalho e ainda tinha a tornozeleira amarela e luminosa de ciclista presa na perna. Abri ao máximo a janela de meu quarto, o que não era muito – evidentemente. Era impossível ouvir o que o Enfermeiro Tal dizia naquela gritaria.

Thomas não gritava com ela. Gritava com Deus, lançando uma Bíblia dos Gideões para o céu, uivando Fodaaa-seeee, Fodaaa-seeee, Fodaaa-seeee.

Ele era o mais próximo que eu teria de um amigo neste lugar. Não conversávamos muito, mas desde a noite em que andamos juntos no corredor batendo high-five, ele sempre comia a meu lado no almoço e eu dividia meu tabaco sempre que o encontrava. As duas coisas que ele às vezes fazia era falar de Deus e do Bristol City Football Club. Eram seus dois grandes amores mas, ao vê-lo agora, acho que ele se desentendeu com um deles.

O Enfermeiro Tal colocou a mão em suas costas, abaixo de suas longas trancinhas grisalhas. Eu não podia ouvi-lo de meu quarto, mas ele pode ter dito: "Está tudo bem, Thomas, vai ficar tudo bem. Por favor. Volte para a enfermaria."

Teria sido mais gentil ter trancado a porta da frente antes de tudo – só que preferiam não fazer isso quando a psiquiatria ficava calma, assim os pacientes voluntários não se sentiriam engaiolados. Mas não ficaria destrancada depois disso. Não tão cedo. Thomas estava dando um caloroso foda-aa-seee a qualquer chance disso.

Outros enfermeiros se reuniram em volta dele trocando olhares, posicionando-se.

Decidi rezar, pedir a Deus para mostrar alguma misericórdia ou o que fosse. Não entendo muito de orações, então remexi em meu exemplar da Bíblia dos Gideões. Tinha uma em cada quarto. Imaginei que podia me dar algumas dicas.

Encontrei na gaveta de minha mesa de cabeceira, debaixo de meu Nintendo DS e um folheto de informações a pacientes sobre a Lei de Saúde Mental.

Era tarde demais. Eles agiam com muita rapidez. Se me recordo bem, foi o Enfermeiro Qualquer que segurou a cabeça de Thomas. Ele era negro como Thomas, mas com o corpo de armário que só se consegue ter dedicando muitas horas numa academia. E ele tinha aqueles dentes amarelos e tortos que davam a impressão de tentar escapar de sua boca sempre que ele sorria.

Agora ninguém estava sorrindo.

O Enfermeiro Tal o agarrou por um braço, segurando-o com tanta força que os nós dos dedos dele ficaram brancos. Ele era um cara esquelético com uma pele quase tão branca quanto a minha e uma expressão permanentemente simpática – com a cabeça sempre tombada de lado. Em geral ele era todo *Hmmm, e como você sente com isso?* Mas evidentemente ele o agarrou direito também. Thomas lutava, mas não chegava a lugar nenhum.

O Enfermeiro Só Pensei em Participar Porque Deu Merda estava no outro braço. Era de meia-idade, careca, gordo e suarento.

Estou sendo indelicado, não?

Não é que eu seja antipático com a aparência das pessoas. Não dou a mínima para esse tipo de coisa. Só estou irritado agora. Às vezes sinto raiva quando penso nas coisas que vi no hospital. Estou irritado agora e fiquei irritado na hora, vendo Thomas lutar tanto para escapar que sua amada camisa do Bristol City ficou presa no corrimão, abrindo um rasgo.

— Vai ficar tudo bem, Thomas. Vai ficar tudo bem — dizia o Enfermeiro Tal.

Enquanto o arrastavam rampa acima, deixei a Bíblia de lado. Meio pacote de Golden Virginia depois, chegou o carrinho do almoço e seguiu-se o que era tido como normalidade naquele lugar.

Thomas não veio comer. Então fui à cozinha, preparei duas xícaras de chá, cada uma com três cubos de açúcar, e quando tinha certeza de que ninguém olhava, desci o corredor e bati em sua porta.

— Thomas, você está aí?

Ele não respondeu.

— Eu trouxe um chá, amigo.

Ergui a vigia uns centímetros. Ele estava enroscado na cama, de lado, com um travesseiro apertado entre as pernas, de olhos fechados, chupando o polegar. Sua camisa rasgada estava jogada na cadeira, com a Bíblia por cima.

Nunca vi um adulto dormindo daquele jeito. Ele parecia tranquilo, pensei. Parecia distante. Em parte visível acima do cós de sua calça de moletom, havia dois pequenos curativos redondos.

Eu mesmo não estava dormindo bem.

Tive inveja.

Naquela tarde, perguntei se alguém podia me levar ao meu apartamento. Eu não ia em casa havia semanas e precisava ver minha correspondência. Foi o que eu disse a eles, aliás.

O enfermeiro da tornozeleira de ciclista destrancou a porta principal. Mantive-a aberta para a Enfermeira Qual, porque Nanny Noo falava que eu era um cavalheiro.

– Sinceramente, Matt. Que empresa de táxi. Eles ligam para o escritório para dizer que estão esperando, você sai e não tem ninguém ali. Sempre acontece isso.

Se você conhece Bristol, provavelmente conhece o Southdown Hospital. Não é um manicômio nem um sanatório, ou como quer que chamem. É um hospital comum, mas tem uma unidade psiquiátrica. Antes de eu ir para lá, nunca soube da existência desses lugares. Passamos pelo túnel que separava a Ala dos Doidos e Birutinhas das alas gerais e chegamos ao lado da maternidade, onde paravam os táxis.

Fazia frio e o céu era cinzento e nublado. Mas era bom sair. A Enfermeira Qual tinha um cachecol até o queixo. Ela tremia.

– Desculpe. Não sei por que estou desabafando com você. É claro que não é culpa sua.

– Parece que foi uma manhã difícil – digo.

– Por que diz isso?

– Bom... Sei lá, a história com o Thomas.

Ela meneou a cabeça.

– Desculpe por você ter visto aquilo. Não pode ser bom ver uma coisa dessas.

– Ele está bem?

– Ele esta ótimo, Matt.

Um homem passou correndo, agarrado a um buquê de flores, com um urso de pelúcia imenso debaixo do braço.

– Vocês o sedaram? É assim que se chama?

– Hmmm... Não posso falar de outros pacientes. Não quero ser grosseira, mas eu não falaria de você também.

Não havia mais nada a dizer, mas o silêncio era pesado demais. Desconfortável demais de se suportar. Então eu tentei.

– Eu nasci aqui. Não é nesse prédio que os bebês nascem?
– Uhum.
– Então eu nasci aqui. Foi a última vez que estive num hospital, antes de agora.
– Sério? Não quebrou nenhum osso?
– Nada.

Eu podia ter contado a ela das incontáveis horas passadas nos hospitais com Simon, de nossas idas aos sábados ao Old Lane Hospital, esperando no carro com papai, sentado ao lado dele na frente, brincando de espião, enquanto mamãe levava Simon para sua fonoaudiologia.

Por fim eu os via voltar, saltitando pelo estacionamento com Simon praticando suas vogais. Papai fingia não perceber que eles vinham e eu dizia "Eu acho que vi alguma coisa que começa com *M* e *S*".

Ele dava uns palpites deliberadamente idiotas como "Hmmm, Marks & Spencer?" ou "Deixa eu pensar, Mouldy Spuds?". Nem era engraçado, mas ele fazia parecer assim, ou eu só queria que fosse. Eu dava gargalhadas.

Eu podia ter contado à Enfermeira Qual sobre isso, mas um táxi parou e ela disse:

– Lá vamos nós, vamos pegar sua correspondência.

Afivelei o cinto de segurança, ainda tendo na memória mamãe me enfiando no banco traseiro com Simon, dando um beijo no rosto de papai, perguntando: "Vão nos contar qual era a piada?"

Era nos sábados depois da fonoaudiologia que íamos ver a vovó. A mãe de minha mãe. Ela era mais velha do que Nanny Noo. Morreu há muito tempo. Acho que eu já te contei isso.

Incógnita.

Não consigo desenhar seu rosto.

Havia um cômodo no fundo de sua casa que ela chamava de biblioteca. Era pequeno demais para se colocar uma cadeira e não tinha janelas. A porta e uma lâmpada solta e alta tomavam o espaço de um lado, mas as outras três paredes tinham prateleiras com centenas e centenas de livros. Eu não entrava sempre porque era claustrofóbico e meio assustador. Era frio e escuro e longe demais das vozes calorosas e tranquilizadoras dos adultos na sala. Mas entrei uma vez, quando Simon estava me importunando com suas vogais e eu queria ficar sozinho. Lembro-me de passar os dedos pelos livros, lendo os nomes dos autores com a luz e fazendo um jogo em minha mente. Concluí que cada nome em cada lombada era da pessoa para quem o livro foi escrito, e não de quem escreveu. Concluí que todos no mundo tinham um livro com seu nome e, se eu procurasse bem, um dia encontraria o meu.

Eu nem acreditava que isso era verdade, mas depois, comendo bolos e pão maltado à mesa da cozinha, falei com os adultos como se acreditasse, como se fosse minha convicção mais firme.

A vovó falou.

– Ele não é maravilhoso?

Papai disse:

– Se quiser um livro com seu nome, raio de sol, terá de escrever você mesmo.

A Enfermeira Qual parou à minha porta como um guarda de segurança enquanto eu vasculhava todas as ofertas de cartões de crédito e folhetos da Domino's Pizza empilhados no capacho. Não havia correspondência importante para mim. Eu não esperava nenhuma. Não tinha ido em casa para pegar as cartas.

Passei pela frieza do corredor, passei pela cozinha. Garrafas limpas do meu Projeto Especial estavam ali, de cabeça para baixo no escorredor de pratos. Ainda havia outras na sala de estar, mas tinham sido arrumadas encostadas na parede de trás. Nada foi jogado fora. O acordo era esse.

O carpete fora limpo e havia um leve cheiro de tinta fresca pairando no ar.

Da minha mesinha de madeira, peguei um de meus blocos A4 pautados. Folheei e arranquei as páginas que já estavam escritas. Não queria vê-las. Não conseguia voltar a ele. Um quarto do bloco estava em branco e teria que servir. Mamãe me levou um bom papel para desenho à psiquiatria, mas eu não queria desperdiçar para escrever. Imaginei que podia começar a tomar algumas notas. Só algumas observações – como eram os enfermeiros, se tinham dentes amarelos tortos tentando escapar da boca, esse tipo de coisa. Só para o caso de eu querer escrever sobre isso direito. É preciso ter cuidado com as anotações num hospital psiquiátrico, é o que diz o Porco. Foi ele que me ensinou sobre o Comportamento de Escrita, mas eu ainda não o conhecia.

Mas também não vim aqui pelo caderno.

Vim para o que estava em meu quarto. Era o que eu esperava, aliás. O cheiro de tinta era mais forte ali. Não gosto de pensar em como meu pai deve ter se sentido. Sozinho em meu quarto, pintando em silêncio a loucura com que cobri as paredes. Mamãe teria se oferecido para ajudar, é claro – para ir com ele. Mas ele teria dispensado. Teria dito que não era tão ruim. Só uma pincelada aqui e ali, era só do que precisava, ela devia ir ver os pais. Ele se sairia bem sozinho.

Muito pouca luz do dia passava pela janela pequena. Acendi a luz. Foi então que vi que ele mesmo escreveu uma coisa. Não sei dizer com certeza, mas aposto quanto você quiser que foi a primeira e única vez que meu pai pichou uma parede. Você não deve conhecê-lo, mas vai conhecer gente assim. Todo mundo conhece pessoas que picham paredes e pessoas que nunca fazem isso. Nem mesmo num banheiro público ou cabine telefônica. Eu gostava que meu pai fosse do tipo que não pichava.

Mas ao lado do interruptor ele tinha escrito uma coisa. Não era intenção dele que eu lesse. Eu sabia disso porque ele pintaria por cima quando voltasse para dar a segunda mão. E ele não tinha como saber que eu viria em casa nesse dia para pegar minha correspondência. Passei os dedos pelas palavras, escritas de leve com esferográfica. O que estava escrito era:

Vamos vencer essa, mon ami. Vamos vencer essa juntos.

Eu estava bem dopado com os comprimidos para me relaxar, mas ainda assim um aperto tocou meu peito. Foi a ideia de sua tristeza. Foi medo de que ele estivesse errado.

Com a maior rapidez que pude, vasculhei minhas gavetas. Precisava sair dali.

– Está tudo bem? – perguntou a Enfermeira Qual.

Eu praticamente esbarrei nela, tal a rapidez com que saí.

– Quero ir embora. Desculpe. Podemos ir agora?

Ela olhou minha única bolsa de viagem, agarrada a meu peito.

– Pegou tudo o que queria?

– Peguei. Obrigado por me trazer. Podemos ir?

– Claro. Mas pode ser uma boa ideia...

– Por favor. É só isso que eu quero.

– Tudo bem. O táxi ainda está esperando. Podemos ir embora agora.

– Desculpe. Obrigado. Obrigado.

Thomas não atendeu quando bati em sua porta de novo. Ainda estava em sono profundo.

Entrei no maior silêncio que pude, mas não acho que o teria acordado nem se tivesse batido tambores.

Tirei a camisa da minha bolsa. Eu nem gostava de futebol. Só Deus sabe como acabei tendo uma camisa do Bristol City. Eu a havia amassado com minhas outras camisetas por tanto tempo que nem me lembrava. Talvez esperando por este exato momento. Devia estar umas cem temporadas atrasada, mas estava cem temporadas atrasada sem ter um rasgo imenso.

Coloquei com cuidado por cima dele.

– Aí está, amigo.

Ele nem se mexeu.

vazio surdo baque

Só quinze minutos hoje, depois é hora da perfuração. Tenho alguns problemas de adaptação com os comprimidos – em resposta, uma agulha comprida e afiada.
Semana sim, semana não, em lados alternados.
Prefiro não pensar nisso agora. É melhor não pensar até que a injeção esteja realmente entrando.

Repetitivo, não?
Eu tenho uma vida de Cortar & Colar.
Hoje a atmosfera está estranha por aqui. É difícil de explicar. Daria para cortar com uma faca, é o que diria Nanny Noo. A equipe fica desaparecendo na sala dos fundos, toda sussurros e olhares graves. Até parece que não podemos vê-los; há uma merda de janela. Depois eles vêm para cá muito animados e alegrinhos conosco, como se tudo fosse um jogo de esconde-esconde. Só que eles têm uma expressão de merda. Não queria que isso soasse desagradável. Quero dizer que eles parecem cansados, é só isso. Ou estressados. Tenho um pouco de pena deles, no máximo. Neste momento Jeanette, que cuida do Grupo de Arte, está falando com Patricia de seu jeito sussurrado e entusiasmado, mas dá para saber que é meio forçado, como se ela estivesse só fazendo a mímica.
Talvez eu esteja interpretando demais tudo isso. Fiquei acordado até tarde, bebendo com o Porco. Tomamos umas duas de manhã também. O Porco não é um nome, o Porco é um rótulo.

Foi nisso que andei pensando.

É um rótulo que ele deu a si mesmo, para acabar com os rótulos que os outros lhe dão. Ele colou por cima de SEM-TETO e PÉ DE CANA e os cobriu. Ele é inteligente demais. Balbucia um pouco e fica distraído, mas se você tiver tempo para ouvir, é uma daquelas pessoas com mil informações na cabeça. Foi o Porco que me ensinou sobre o Comportamento de Escrita. Falou nisso pela primeira vez quando bebíamos juntos, quando eu estava com a guarda baixa, resmungando sobre a chateação que eu tinha com Denise, o *Estala-estala-pisca*, o Dr. Clement e os outros figurões que são pagos para controlar minha vida.

Agora ele fala muito nisso. Fica muito repetitivo quando está bebendo e bebe repetitivamente. Acho que ele também tem uma vida de Cortar & Colar.

Ele tomou um gole da Special Brew.

– Foi nos anos 70, amigo. Antes de você nascer. Mas não deixe que isso o engane. Nada muda.

Eis o que aconteceu

Nos anos 1970, um grupo de pesquisadores se confinou voluntariamente em manicômios por todo os Estados Unidos. Fizeram isso fingindo ouvir vozes. Fingiram ouvir uma voz que dizia Vazio, Surdo e Baque.

Mas assim que foram admitidos na psiquiatria, pararam de fingir e nunca mais falaram nas vozes.

E aqui está a parte louca

A equipe do hospital se recusou terminantemente a acreditar que eles melhoraram e os mantiveram trancados assim mesmo – alguns por meses sem fim –, cada um deles obrigado a admitir que tinha uma doença mental e concordar em tomar remédios como condição para a alta. É o que fazem os rótulos. Eles grudam.

Se as pessoas pensam que você é LOUCO, então tudo o que você fizer, tudo o que pensar, terá LOUCO estampado.

Um dos pesquisadores tinha um caderno – escrevia como estava se aguentando, como era a comida, esse tipo de coisa. Quando o experimento acabou, ele leu as anotações dos outros, as notas que os médicos e enfermeiros estiveram fazendo. Observaram que ele escrevia em seu caderno e registraram assim: Paciente se envolve em comportamento de escrita.

O que isso significa?

Não estou bancando o burro. Sinceramente não tenho a menor ideia do que quer dizer. É o que estou fazendo? Estou envolvido em comportamento de escrita? Eu também desenho. É comportamento de desenho? Cá entre nós, eu posso cagar um pouco. Isso é se envolver em comportamento de cagada?

Só sei o que o Porco diz. Dizemos isso juntos, como um mantra, como um cumprimento especial. Abrimos uma nova lata e enquanto ela espuma em nossos dedos, o Porco resfolega.

– Talvez você não derrote os babacas, amigo.

Depois batemos as latas e gritamos o mais alto possível, para a noite, para o trânsito que passa.

– Mas você não pode deixar de lutar!

Sei que é idiotice, mas ajuda um pouco.

Aliás, eu tenho de ir.

Denise acaba de aparecer na ponta do corredor.

– Quando estiver pronto, Matt.

Em geral eu a deixo esperando. Continuo lutando. Mas ela parece estressada e, para ser franco, não posso deixar de sentir certa pena dela. Estou falando sério, dá para cortar com uma faca aqui hoje. Dá para cortar com a porcaria de tesoura sem ponta que eles nos dão no Grupo de Arte. Alguma coisa definitivamente não está certa.

escancarado

Assistimos a EastEnders no sofá verde e grande.

Mamãe, papai e eu sentados juntos, como sempre foi, porque Simon preferia se sentar de pernas cruzadas no carpete – com a cara bem perto da televisão.

Este era o episódio em que Bianca deixava Walford, mas já faz muito tempo. Só lembro porque Simon tinha uma queda por ela. Acho que foi pungente. Ou só triste. Incrivelmente triste. Este era nosso novo retrato de família – nós três, olhando o espaço onde Simon deveria estar.

Eu já lhe contei isso.

Contei como EastEnders era um ritual, que gravávamos em vídeo se não estivéssemos em casa para ver. Mas não falei nisso de novo porque o episódio em que Bianca vai embora era o fim do ritual. Foi a última vez que vimos EastEnders como uma família e foi o último episódio que eu vi, ponto final. Até quase uma década depois. Eu tinha terminado meu tabaco. Tinha tomado meu último PRN. Não tinha nada para fazer, fiquei sentado na sala de TV dos pacientes, em uma das poltronas sujas e afundadas, tentando ignorar a náusea, a dor de cabeça, a fome, a rigidez e a exaustão provocadas pelos dois comprimidos brancos, duas vezes ao dia.

A sala de TV estava mais movimentada do que de costume. Outras cadeiras foram trazidas da sala de jantar e algumas enfermeiras pairavam na porta. Este era um episódio a que todo mundo queria assistir.

Ele estava na música tema, em algum lugar. Ele estava no mapa de Londres, enquanto a câmera gira e se ergue.

Às vezes o mundo todo pode parecer as letras miúdas que você encontra ao pé dos anúncios, e aí coisas cotidianas, como um sorriso ou um aperto de mãos, ficam carregadas de mensagens conflitantes. Isso não era um sorriso ou um aperto de mãos, mas um episódio de EastEnders. Era o episódio em que, depois de quase dez anos de ausência, Bianca finalmente voltou. Tinha o cabelo ruivo e sardas.

Eu podia ter dito a mim mesmo que era uma coincidência, essas coisas acontecem. As pessoas estão sempre me dizendo para procurar provas, para pensar no que é provável e no que é improvável. Eu podia ter cerrado as mãos em punho, apertado os nós dos dedos nas têmporas e procurado uma explicação racional em meus pensamentos.

Eu podia, mas teria sido inútil, porque mesmo agora não consigo acreditar que ele não tentava me dizer alguma coisa.

Nessa noite eu não conseguia sossegar.

Devo ter andado pelo corredor umas cem vezes, esfriando meus pés descalços no chão. A cada vez via o enfermeiro assistente com seu molho de chaves e prancheta vermelha surrada. Às vezes ele ficava sentado na luz branca e forte da mesa da frente, em outras estaria à espreita nas sombras, espiando pelas vigias os quartos dos pacientes. De vez em quando erguia uma sobrancelha para mim e procurava meu nome em sua lista.

A equipe se revezava no serviço de observação – verificando toda a enfermaria psiquiátrica a cada quinze minutos para ter certeza de que ninguém tinha fugido ou coisa pior. Sei disso porque eu observava. Eles me observavam. E eu observava a todos.

Quando seu irmão mais velho está chamando, quando finalmente chega a hora de ir brincar, se você precisa escapar de um hospital psiquiátrico – a primeira coisa a fazer é observar.

Na manhã seguinte eu estava suando de pé em meu roupão, enquanto a enfermeira escolhia meus comprimidos no carrinho, colocando-os num papel de alumínio e largando-os num potinho de plástico.
– Aí está, Matt.
– Vai me dizer para que servem?
– Por que não me diz você?
– Não consigo me lembrar.
– Acho que consegue, se tentar.
Passei a conhecer essa enfermeira muito bem. O nome dela era Claire, ou talvez Anna.
– Tente – disse ela. – São os seus comprimidos, não meus.
– Você viu EastEnders?
– Mudando de assunto de repente...
– Viu?
– Quando?
– Ontem. Viu?
– Não acompanhei. Foi bom?
– Não sei bem.
Ela me entrega o pote de comprimidos e enche um segundo copo com água de um jarro.
Nas alas psiquiátricas, os enfermeiros não parecem enfermeiros. Eles não usam uniforme como faziam no centro de assistência e não andam por aí carregando camisas de força, como se vê nos filmes. Claire-ou-talvez-Anna vestia jeans e um cardigã. Tinha um piercing no lábio e uma mecha roxa no cabelo. Não podia ser mais do que alguns anos mais velha do que eu.

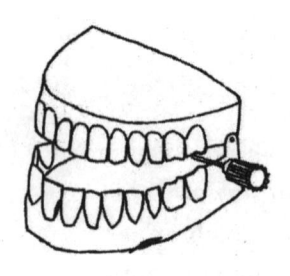

— É importante que você fale — disse ela por fim. — Se não se abrir, se não disser como está se sentindo, como alguém poderá saber como te ajudar?

É esse tipo de coisa que eles estão sempre dizendo. Em geral não respondo, mas desta vez respondi.

— Meu dente dói — eu disse. — Onde lascou. Mamãe fica me enchendo. Diz que quer meu sorriso de volta. Se não estiver ocupada demais...

— Quer ir ao dentista?

— Só se não estiver ocupada demais.

Eu não estava pedindo nada e ela claramente ficou satisfeita que eu não pedisse. Estes são momentos que eles chamam de progresso; algo a escrever em suas anotações. Sei disso porque eu observei. Eles me observavam. E eu os observava.

— Claro que podemos ir. Lógico que podemos. Há um dentista em seu registro?

Balancei a cabeça e me virei — sem querer mentir em voz alta, sem querer que ela visse meus pensamentos.

— Não se preocupe — disse ela. — Tem uma Clínica de Emergência perto da estação de trem. Às vezes conseguimos um horário lá. Sabe de uma coisa, Matt? O policial que te trouxe para cá se sentiu tão mal por você ter se machucado enquanto ele vigiava que queria ele mesmo te levar ao dentista.

— Por que não levou, então?

Fiz essa pergunta com certa raiva. Não pretendia, mas foi assim que saiu. Não sou bom em conversas longas. Eu sentia que transpirava, sentia que ensopava as costas do roupão.

É possível que Claire-ou-talvez-Anna também estivesse transpirando.

— Bom, eles não... Não dava... Não funciona assim porque você foi internado. Mas ele quis garantias nossas de que o levaríamos assim que pudéssemos. E, bom, olha, por que não vai se vestir e vamos ver o que podemos marcar assim que eu terminar aqui?

Estou diante da pia, vendo-me no espelho.

Enganchei um dedo no fundo da língua e peguei a papa branca de comprimidos, obrigando-me a vomitar. Depois lavei a prova ralo abaixo.

A manhã ficava luminosa. As cortinas de meu quarto eram muito finas e não chegavam bem ao peitoril da janela. Eu mantinha um cinzeiro ali. Não devíamos fumar em nossos quartos, mas comecei assim mesmo e eles não eram muito rigorosos com isso. Peguei um cinzeiro emprestado com outro paciente em troca de algumas caixas de Kia-Ora. Era um daqueles pesados, de vidro lapidado, que se costuma ver nos pubs e, com o sol da manhã batendo nele, pedaços de arco-íris eram lançados em minha cama.

Tirei o roupão e me deitei nu, deixando que os arco-íris caíssem em minha pele. Minha noite inquieta me pegava. Eu vagava nas cores, pensando que eram bonitas, quando ouvi uma espécie de rosnado.

– Oi, quem está aí? – Veio o rosnado de novo. Vinha de baixo de minha cama. – Quem é? Pare. Responda.

Depois soltou uma gargalhada e eu soube exatamente quem era. Não saí da cama, só me curvei para o lado e levantei devagar os lençóis pendurados. O riso se tornou um guincho de prazer.

– Eu sabia que era você.

A cara dele estava pintada de laranja com riscos pretos e a ponta do nariz era uma mancha preta com linhas, um bigode desenhado.

– Sou um tigre. – Ele sorriu. – Eu pareço um tigre?

– O melhor do mundo. – Eu sorri.

Ele rosnou de novo. Depois se contorceu de barriga pelo chão.

– Eu pareço um tigre, mas estou escorregando feito uma serpente.

Ele sempre lutava com a letra *S*, por mais tempo que passasse na fonoaudiologia. Mas ele tinha deslizado muito bem como uma serpente e eu sabia que ele queria ouvir isso.

– Muito bom. Você está ficando muito bom, Simon.

Ele ficou radiante de orgulho, depois pulou, jogando os braços em mim. Deixei-me cair sob seu peso. Era tão bom abraçá-lo, eu mal conseguia respirar.

Sua cara se enrugou.

– O que estava fazendo na pia, Matthew?

– Estava me espionando?

Ele assentiu deliberadamente com muita intensidade, curvando-se, rindo.

– Eu te vi! Eu te vi!

– Então sabe o que eu estava fazendo.

Ele agora estava junto da pia, olhando o ralo. Podia ir a qualquer lugar num piscar de olhos, ele podia disparar pelo tempo.

– Por que cuspiu seus remédios? Não vai ficar doente?

– Você quer brincar comigo, não quer?

Ele me olhou com a expressão mais séria que já vi.

– Para sempre – disse ele. – Quero que brinque comigo para sempre.

Isso me assustou um pouco, a seriedade com que me olhava. Senti um tremor de frio e puxei o cobertor em volta de mim.

– Tenho 8 anos – disse ele do nada. Ele contou oito dedos no ar. Depois, com uma concentração intensa, sua língua se esticou, ele baixou dois deles. – Então você tem 6!

– Não. Eu não tenho mais 6 anos.

Ele ficou olhando os dedos, confuso. Senti-me culpado por envelhecer, por deixá-lo para trás, era difícil pensar no que dizer. Depois tive uma ideia. Peguei minha carteira na gaveta da mesa de cabeceira e tirei cuidadosamente uma foto que guardava ali.

– Olha – disse. – Lembra disso?

Ele subiu a meu lado na cama, os pés sem conseguir chegar ao chão. Ele esperneou, excitado.

– No zoo! No zoo!

– É isso mesmo. Olha. Eu sou um tigre também.

Fomos ao zoológico de Bristol em minha festa de aniversário de 6 anos e tivemos nossas caras pintadas. Nanny Noo tirou uma foto nossa, com os rostos unidos, os dois rugindo para a câmera. Ela a levou na bolsa por anos, mas quando eu disse que era minha preferida ela insistiu que eu ficasse com ela. Não havia como argumentar, ela insistia positivamente.

Eu tinha outra coisa na carteira, mas não queria mostrar a ele. Não queria aumentar suas esperanças, caso as coisas não dessem certo. Era uma folha de papel dobrada, enfiada atrás de meu cartão de débito. A recepcionista da psiquiatria imprimiu da internet para mim alguns dias antes. Ela era uma boa mulher, sempre mascando chiclete, orgulhosamente conversando com os zeladores sobre sua filha; o último recital de piano que ela ia fazer, que ela também era uma sapateadora de talento.

Esperei por uma trégua na conversa deles, que não veio. Ela nem mesmo parou para respirar antes de se virar para mim e perguntar:

– Posso ajudar em alguma coisa, amor?

– Preciso de um endereço – eu disse. – Pode procurar para mim no computador?

– Uhum.

– Hmmm... É um parque de férias. Um camping de trailers. Não me lembro exatamente onde fica. Acho que fica em...
– Qual é o nome, amor?
– Desculpe. Sim. Chama-se Ocean Cove. Bom, antigamente era. Acho que pode ter...
Suas longas unhas vermelhas já digitavam no teclado, rápidas como uma metralhadora.
– Ocean Cove Holiday Park em Portland, Dorset. É esse?

―――

Papai dirigia o Ford Mondeo Estate, com mamãe dando batata frita e pedaços de maçã a ele na boca.

Simon dormia com um Transformer abraçado nos joelhos. Brinquei com meu Game Boy até a bateria acabar. Depois fizemos o jogo de quem seria o primeiro a Ver o Mar. Meus pais me deixaram vencer. Mamãe jogou um beijo pelo retrovisor.

Papai apertou o botão para abrir o teto solar. Ele disse que o ar marinho lhe fazia bem.

Enquanto rolávamos por uma lombada no portão de entrada, Simon acordou num solavanco. Seus olhos se arregalaram, ele bateu palmas, incapaz, como sempre, de encontrar as palavras certas.

―――

– É esse, amor?
– Sim. É esse. É onde...
Ela clicou no mouse e o Google cuspiu o endereço com um pequeno mapa granulado.
Se ela tivesse me perguntado o que eu queria com ele, talvez eu tivesse contado a verdade a ela. Foi ali que abandonei meu irmão e foi ali que ele mais precisou de mim.

Talvez isso a tivesse sacudido de seu transe; ela tombaria a cabeça de lado solidariamente e diria: "Vou te dizer uma coisa, amor. Por que não espera um minuto aqui e vou ver se uma das enfermeiras está livre para bater um papo com você?"

Mas ela não fez isso,
porque
esta
era
uma
coisa
que
todas
as
ESTRELAS
em
todo
o
UNIVERSO

planejaram para mim, e quando dobrei a folha de papel em minha carteira, ela já explicava ao zelador que a filha pensava seriamente em também fazer aulas de balé, mas que a semana era curta demais.

Levantei-me de repente. O arco-íris sumira e Simon também. Claire-ou-talvez-Anna estava parada na minha porta.

– Marquei um táxi para nós – dizia ela. – Deve chegar em trinta minutos.

Esfreguei a cara com as duas mãos. Tinha um trecho molhado de baba em meu travesseiro.

– Acho que alguém esteve dormindo de novo – disse Claire-ou-talvez-Anna. – É melhor se vestir. Está um lindo dia, parece que a primavera finalmente deu as caras. Vou te chamar quando o táxi chegar.

Joguei água fria no rosto e vasculhei minha pilha de roupas no chão do quarto. Escolhi a calça de combate verde e o casaco de camuflagem. Eu não queria entrar para o exército nem nada, só passei por uma fase em que usava a farda para sentir que tinha menos medo.

Sentei-me na cama para amarrar as botas.

— Sei que ainda está aí embaixo, Si.

Ele nunca conseguiu ficar em silêncio. Era como quando costumávamos nos esconder atrás da porta, esperando meu pai. Enquanto eu fechava a porta, ele teve uma crise de riso.

Claire-ou-talvez-Anna agradeceu ao taxista e disse a ele que alguém do hospital ligaria quando precisássemos que nos pegassem. Na sala de espera apareceu a dentista, com uma máscara cirúrgica pendurada no queixo pelas alças elásticas esticadas.

— Matthew Homes — chamou ela.

Virei-me para Claire-ou-talvez-Anna.

— Prefiro ir sozinho, se não tiver problema.

Ela hesitou por um momento.

— Hmmm. Claro. Vou esperar aqui.

Eu disse à dentista que estava tudo bem. Só precisava ir ao banheiro rapidamente.

— No corredor, a segunda à direita — explicou ela. — Venha quando estiver pronto.

Não tinha segurança nas clínicas odontológicas. Ninguém vigiava as portas nem andava por ali com um monte de chaves ou pranchetas vermelhas. Por acaso, eu tinha meu próprio dentista. Mas a Clínica de Emergência fica mais perto da estação de trem.

Quando seu irmão mais velho está chamando, quando finalmente chega a hora de ir brincar, se você precisa fugir de um hospital psiquiátrico – a primeira coisa a fazer é observar. Depois consiga que façam o trabalho árduo por você. *Diga, Aaaah*. Eu sou doente mental, não um idiota.

arranhão fino

Denise não ficou nada satisfeita quando apareci para minha injeção no outro dia sem ter tomado banho e de ressaca.
— Está cheirando a cerveja, Matt.
— Não é crime.
Ela balançou a cabeça e soltou um suspiro cansado.
— Não. Não é crime.
Passamos para a pequena sala da clínica/vamos-falar-como-está-se-sentindo no final do corredor de cima; aquela que sempre tem um cheiro forte de desinfetante. Isso não ajuda em nada. Posso ter certo pânico na hora das injeções e o cheiro de desinfetante não ajuda em nada.
Denise abriu a bolsa de truques e eu perguntei se podia beber uma água. Ela gesticulou para a pia.
— Sirva-se.
Peguei uma caneca com o nome complicado de um remédio estampado na lateral e o slogan *Tratando Hoje para o Amanhã*. Eram entregues em lugares como este pelas farmacêuticas. Da última vez que entrei na sala para pegar emprestado o Dicionário de Enfermagem, contei três canecas, um mouse pad, um monte de canetas, dois blocos de Post-it e um relógio de parede — todos exibindo marcas de diferentes remédios. É como estar na prisão e ter de olhar os anúncios das porras dos cadeados. É o que eu devia ter dito também, porque é um bom argumento, acho. Mas só penso nessas coisas muito depois.
Engoli a água e me servi de uma segunda caneca. Denise me olhava atentamente.

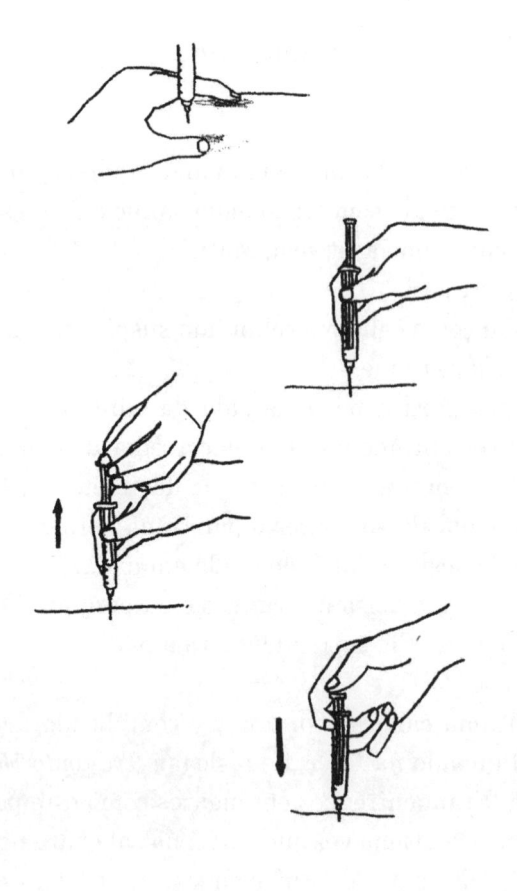

– Eu estava bebendo com o Porco – expliquei, como se querer duas canecas de água precisasse de explicação. – Bebemos umas duas esta manhã também.
– Sinceramente, Matt. Você é seu pior inimigo.
É uma coisa estranha de se dizer a alguém com uma grave doença mental. É claro que sou meu pior inimigo. Todo o problema é esse. Eu devia ter dito isso também. Só que talvez não, porque ela parecia cansada. Também parecia aborrecida. E em geral ela podia me dar um pequeno sermão, mas desta vez não deu. Ela não me deu sermão. Pelo modo como Denise soltou outro suspiro, dava para saber que ela não ia me dar sermão nenhum. Era um suspiro que dizia: Hoje não. Hoje só vamos acabar logo com isso.
– Acho que tenho algumas notícias decepcionantes – disse ela.
Eu te contei que a atmosfera era estranha, não contei? Eu disse que dava para cortar com uma faca. Que dava para cortar com a porcaria de tesoura sem ponta do Grupo de Arte.
Denise é uma mulher, o que significa que é multitarefas. Não é assim que dizem? Esse é o tipo de blá-blá-blá que as pessoas tagarelam.
– É sobre o Hope Road – disse ela. – Parece que vamos ter de reduzir os grupos, talvez reduzir tudo.
– Ah, sim.
– Estivemos lutando por um tempo. Mas os serviços estão sendo cortados por todo o departamento. Na verdade, por todo o Serviço Nacional de Saúde. E, bom, parece que não somos exceção.
Ela me olhava, esperando uma resposta, então o que eu disse foi:
– Seu emprego está seguro?
Ela então sorriu para mim, mas ainda parecia triste.
– Você é um amor. Talvez esteja seguro, sim. Mas, como eu disse, vamos ter de reduzir. Tudo isso nos pegou meio

desprevenidos, para ser franca. Ainda daremos algumas consultas esta semana. Mas não parece... Bom, decidimos começar a informar os usuários do serviço, para que não seja um choque.
– Quem?
– Os Usuários do Serviço. Hmmmm... Os pacientes.
– Ah. Sim.
Eles têm um monte de nomes para nós. Usuários do Serviço deve ser o mais recente. Acho que deve haver gente que é paga para decidir essas merdas.
Pensei em Steve. Ele definitivamente é do tipo que fala Usuário do Serviço. Ele diria isso como se merecesse uma comenda de cavaleiro por ser tão sensível e encorajador. Depois o imaginei perdendo o emprego – e para ser franco, isso me pegou desprevenido. Não odeio essas pessoas. Só odeio não ter a opção de me livrar delas.
– E o Steve? Ele está...
– Bom, não queria realmente entrar em tudo isso. Não cabe a mim. Só queria que você soubesse do...
Ela se interrompe e não sei se é porque está perturbada, ou só concentrada. Talvez ela tenha de se concentrar para não ficar perturbada.
– Você está bem? – perguntei. – Quer uma água?
– Não, não. Estou bem. É só que é um golpe e tanto para nós.
Ela respira fundo e solta o ar lentamente, como nos exercícios de respiração que nos dão para fazer. Coloque em prática o que você prega, eu acho. Depois ela de certo modo adotou um roteiro. Disse todas aquelas coisas que claramente dizia a todo mundo. Que, fosse como fosse, ela ainda trabalharia comigo. Ela ainda me veria em casa e me ajudaria com meus formulários, o orçamento e esse tipo de coisa. E que

ainda podíamos nos encontrar no café, onde às vezes nos encontramos. Ou ir ao supermercado juntos. Depois ela terminou dizendo aquela parte em que ela sabia que eu podia ser capaz e independente – que tinha toda fé do mundo em mim. Não estou dizendo que o roteiro não era bom. Só estou dizendo que era um roteiro.

Mas depois acho que ela soltou um caco, porque, em todo o tempo que conheço Denise, nunca a ouvi xingar. Nunca a vi ficar abalada ou perder a compostura, mas enquanto ela pegava a seringa, com as mãos tremendo um pouco, ouvi-a dizer em voz baixa.

– Esse governo é *efe*.

Foi exatamente assim que ela falou. Ela disse *efe*. Nunca ouvi ninguém que dissesse isso a sério. De certo modo, era quase triste. Eu não gostava de vê-la desse jeito. Não gostava de ver ninguém aborrecido. Não sei reconfortar as pessoas. Pensei em estender a mão e tocar seu braço, mas e se ela se afastasse? E eu podia ter dito que ia ficar tudo bem, mas como poderia saber disso?

De qualquer modo, não estamos realmente do mesmo lado, estamos? Acho que foi por isso que ela concluiu que eu estava de sacanagem quando se virou e me viu sorrindo. Era um sorriso estranho, mas você só sabe realmente o que significa um sorriso quando tem a própria cara por trás dele. Todos os outros só veem o sorriso que esperam ver.

– Olha – vociferou ela. – Sei que você não gosta daqui.

– Eu não ligo.

– Às vezes, sim. E está tudo bem. Mas é um bom serviço, que ajuda muita gente.

Isso foi indelicado da parte dela. Fazer de mim o cara mau. Não sei de que lado ela pensa que estou, mas não pode ameaçar fechar esse lugar. Estranhamente, eles não deixam que nós, os Usuários do Serviço, tomemos esse tipo de decisão.

– Mas então – disse ela. De volta a sua calma de sempre. – Eu só queria que você soubesse. Ainda está meio no ar, mas as coisas podem acontecer com muita rapidez. O dinheiro parece estar tomando todas as decisões ultimamente. Está fora de nossas mãos.

Olhei a seringa, a agulha reluzente.

– Quanto essas coisas custam?

– É diferente, Matt. É isso que o mantém longe do hospital e o deixa bem. E será ainda mais importante se for retirado outro apoio.

– Você se importa de ver minha bunda, Denise?

Isso a fez rir. Ficou um pouco tenso, mas isso aliviou um pouco. Às vezes nos dávamos bem. Ela fingia timidez, pegando uma folha de papel e usando como um antigo leque. Como se veem as damas usando nos seriados de TV. "Sr. Homes. Como uma mulher pode resistir a isso?"

Abri o cinto e deixei os jeans caírem até os tornozelos, depois arriei a cueca e ela se ajoelhou no chão atrás de mim. Acho que não se vê isso nos seriados. Eu tenho alguns problemas de adaptação com os comprimidos, a resposta – uma agulha comprida e fina. Semana sim, semana não, em lados alternados. Vou te contar, eles me usam como uma *eme* de almofada de alfinetes.

– Muito bem. Um arranhão fino.

Tive de me equilibrar, colocando a mão na bancada, engolindo em seco, empurrando para dentro o impulso de vomitar.

– Quase lá – disse ela.

Ela pressionou o furo com uma bola de algodão e prendeu num curativo.

É difícil saber o que dizer depois disso. Desta vez eu tinha uma pergunta.

– Ainda vou poder usar o computador?

Denise largou a agulha usada num balde de plástico especial, fechando a tampa.

— Sinceramente não sei, Matt. Está tudo muito no ar. Da última vez que soube, teve uma conversa de sublocar metade do prédio a uma empresa de design gráfico! Você usa muito, não é?
— O quê?
— O computador.
— Um pouco. Só quando ninguém mais quer.
— Eu não estava criticando. É ótimo saber que você faz uso dele. Seria maravilhoso ler alguma coisa que você escreveu, se você deixasse...
— Posso ficar com isso?
— Como?
Eu apontava a folha de papel que ela usava como falso leque.
— Hmmm... Se quiser. Mas é só uma Planilha de Instruções. É para os enfermeiros. Não prefere uma de Informações ao Paciente?
— Paciente? Pensei que éramos Usuários do Serviço.
— Bom... Sim.
— Design gráfico, você disse?
Ela deu de ombros.
— Foi o que sugeriram. Não tem nada definido. Como eu disse, eles farão mais consultas e vou falar com você de novo assim que souber de mais alguma coisa. Mas o importante a tirar disso é que você ainda receberá apoio. Está bem?
Ao sair, abri a folha de papel e apontei as imagens:
— Acho que precisamos de designers gráficos também, hein?
Denise revirou os olhos para mim, mas de um jeito simpático. Às vezes nos damos bem.
— É uma maneira de ver as coisas — disse ela. — Agora vá para casa e descanse um pouco.

ESQUIZOFRENIA. s. um distúrbio mental grave caracterizado pela desintegração do processo de pensamento, de contato com a realidade e de capacidade de reação emocional. Etimologia: do grego skhizein ("separar-se") e phren ("mente").

Quando olho minha foto com Simon no Zoológico de Bristol, com nossas caras pintadas de tigre, olho a mim mesmo, mas não me vejo.

Sei que eu sou ele porque eu disse que sou ele, mas não me lembro de fazer 6 anos, ir ao zoológico de Bristol, ter minha cara pintada de tigre e sorrir para a lente da câmera. Não me lembro da cara de meu irmão apertada na minha, as listras pretas se borrando no laranja de nossos rostos.

Se eu olhar atentamente, posso ver que temos os olhos da mesma cor, não eu e Simon, mas eu e o menino que também sou eu, o menino que não consigo mais reconhecer, com quem não partilho mais um só pensamento, preocupação ou esperança.

Somos a mesma pessoa, só o que nos separa é a passagem do tempo. Há um fio inquebrável que nos liga, mas não o conheço mais.

Eu sou eu. Estou em meu apartamento, sentado na poltrona dos braços queimados. Tenho um cigarro entre os lábios e esta máquina de escrever equilibrada no colo. Posso sentir seu peso, é desconfortável, e logo posso mudar de posição, ou colocar a máquina na mesa e me sentar na cadeira de madeira. Este sou eu e isto é o que acontece agora, mas no lugar em minha cabeça de onde vêm as imagens, estou vendo outro eu.

É uma tarde ensolarada, o primeiro gosto da primavera. Sinto-me mais seguro ao ar livre, fora do trem.

Não foi tanto o barulho do bebê, mas quando um bebê chora em um trem, outros passageiros trocam um olhar de irritação. Letrinhas miúdas demais. Fiquei no espaço entre dois vagões na maior parte da viagem, de vez em quando indo ao banheiro para fumar.

— Está perdido, meu jovem?

Eu estive seguindo as placas, mas no pequeno retorno perto da ponta da marina, faltava uma placa. Havia obras na estrada: cones de trânsito, homens de capacetes e casacos amarelos, uma britadeira impossibilitando o raciocínio. Eu não tinha percebido a mulher de cabelos brancos, esperando pacientemente que o homenzinho verde piscasse para ela atravessar com segurança. A mulher tinha cheiro de sabonete perfumado. Eu sentia seu cheiro por todo o fedor de asfalto fresco e gorduroso.

Eu olhava o mapa granulado que a secretária da psiquiatria imprimira para mim, tentando entendê-lo. Tentei parecer normal e relaxado.

— Hmmm, sim. Estou indo para Portland. Conhece o caminho?

Ela usava uma bengala crivada de adesivos prateados de lugares como Land's End e The Lake District. Ela se curvou para mais perto e a bengala oscilou.

— Receio que terá de falar mais alto.

— Não — eu disse. — Não se preocupe. Não estou perdido.

— É uma linda tarde, não? — Estava frio o bastante para usar um pulôver, mas o céu era claro como a água. Foi assim que ela colocou, de qualquer modo. Pelo muro do porto, pescadores se postavam imóveis como estátuas, com as iscas se retorcendo nos tupperwares sujos a seus pés.

— Você disse Portland? — perguntou a mulher de repente, como fazem as pessoas que na verdade ouviram bem o tempo todo.

Assenti.

Sempre escrevi histórias, desde quando era bem pequeno. Minhas primeiras tentativas foram péssimas, mas quando fiquei um pouco mais velho e aprisionado na mesa da cozinha, com uma pilha de livros escolares, um processador de textos e uma mãe louca, elas começaram a melhorar. Escrevi sobre magia, monstros e terras misteriosas onde acontecem aventuras.

E nunca parei.

A cara da velha se enruga ao pensar. Tem uma trilha costeira de Weymouth a Portland, explicou ela. Pela Rodwell Trail. É a Ferrovia Morta. Os trilhos foram arrancados anos atrás, mas as plataformas continuam, cheias de mato e espinheiros. Ela me deu as informações, explicando com um aceno da bengala que eu podia pegar um atalho pelo posto de gasolina Asda.

— É uma linda caminhada — disse ela. — E Portland é tão adorável. Posso perguntar o que vai fazer lá?

— Não. Obrigado pelas informações.

Foi uma linda caminhada. Comprei um sanduíche de queijo e presunto e um pacote de Skittles no posto Asda. E comi na Chesil Beach.

Pensei na caixa de lembranças de Simon, seus seixos fazendo barulho no fundo. Ele pegava as pedras mais brilhantes e cacos de vidro gastos nas águas rasas. Papai disse a ele que era melhor deixar ali, elas nunca ficavam tão impressionantes depois de secas, mas Simon nunca resistia.

Procurei em meus bolsos e enrolei um cigarro. Não consigo soprar anéis de fumaça, mas posso fazer uma coisa muito melhor. Puxo fundo, prendendo a respiração ao máximo. Depois sopro lentamente e vejo a cara dele aparecer.

— Tá legal, Si.

— Oi, Matthew.

Desta vez ele não era um tigre. Estava mais velho, com o cabelo bem penteado para uma foto da escola. Foi mais ou menos nessa época que eu o chamei de bebê por andar com um cobertor. Ele fingia estar irritado ainda.

– Dá um tempo, Simon. Estou chegando, não estou?

– Está, Matt? Vem brincar comigo?

Peguei uma pedrinha e joguei no mar. A nuvem de fumaça se dispersou.

– É, estou chegando. Vamos brincar para sempre.

Chesil Beach se curva como uma espinha de Dorset à costa oeste de Portland. Ocean Cove fica na costa leste. Ainda tinha muito o que andar, mas meu irmão me levava.

Na vitrine da biblioteca de Portland Tophill, um livro chamou minha atenção. Estava na seção infantil, onde há uma mesa e cadeiras de plástico pequenas. Como lidar com... QUANDO AS PESSOAS MORREM?

A bibliotecária me disse que estava perto de fechar. Eu disse que não demoraria muito. Sentei-me no tapete de Space Rocket e li sobre o que é a morte. Quando o corpo de alguém para de funcionar e não consegue melhorar, explicava o livro. Os mortos não podem sentir dor, nem sabem o que está havendo. Li sobre Wes, que teve raiva do irmão Denny por deixá-lo sozinho e por fazer a mãe e o pai infelizes. Tinha fotos e tudo.

As sombras se esgueiram lentamente pelas estantes. O tempo mudava; gotas de chuvisco batiam na janela. Eu podia ter prolongado minha estadia. A bibliotecária apareceu, levando a mão à boca, soltando uma tosse educada. Perguntei quanto faltava até Ocean Cove.

– Uns vinte minutos – disse ela. – Talvez 25. Mas é bem fácil, direto pela estrada costeira. Uma pena estar chovendo. Quer levar o livro?

– É para crianças – eu disse.

– Estamos fechando – disse ela.

BEM-VINDO A OCEAN COVE
HOLIDAY PARK, dizia a placa.

Não havia barracas armadas e os trailers estavam vazios, esperando em silêncio a chegada dos primeiros veranistas da temporada. Era enervante de tão silencioso. Em todo o parque, só um trailer mostrava algum sinal de vida - um brilho quente atrás de cortinas fechadas. Ficava muito além na trilha, perto da parte alta do lugar.

Senti que eu era atraído para lá, movendo-me em silêncio, mantendo-me na beira da trilha, onde não seria visto.

Mais perto, eu ouvia o murmúrio de vozes vindo de dentro. Depois comecei a imaginar uma coisa. Era só minha imaginação, mas de certo modo mais parecia um sonho, porque eu não podia controlar, nem decidir parar de pensar: este era o trailer em que ficamos e as pessoas que eu podia ouvir conversando eram meus pais. Ainda estávamos de férias, como se o tempo de algum modo tivesse parado. Todo o resto do mundo avançou, mas aqui ele não saiu do lugar. Na luz quente, nas vozes murmuradas, o passado se repetia.

Simon e eu estávamos metidos na cama, mamãe e papai se preparavam para a noite. Papai lia definições de palavras cruzadas, depois os dois ficaram em silêncio, pensando, até que mamãe se distraiu e disse:

— Matthew não estava normal hoje.

— Não?

— Hoje à tarde, ele estava branco feito um lençol.

— Não percebi nada.

— Você não estava aqui. Estava soltando pipa com Simon, eu tentei convencê-lo a se juntar a vocês, mas ele não quis. E, ah, não sei. Ele disse que estava brincando de pique-esconde, mas...

Um nó se apertou no meu peito, baixando à boca do estômago. Esta é a noite em que acontece, esta é nossa última noite. Papai dobra o jornal, baixando o copo de vinho. Mamãe se curva para ele, passa o braço por seu peito. Um deles diz:

– Acha que fomos duros demais com ele?

– Quando?

– Outro dia. Foi uma queda feia. Eu não me surpreenderia se ficasse uma cicatriz no joelho. Ele não precisava que a gente brigasse com ele também.

– Ele devia se comportar...

– Mas eles são crianças. Não deviam se comportar mal um pouco? Além disso, os dois sabem que não têm permissão de descer lá. Não podemos colocar a culpa toda em Matt.

Isso não era uma lembrança, não era uma conversa que ouvi. Era apenas pensamento ilusório.

– Ele ainda se sente péssimo por Simon tê-lo carregado – dizia mamãe. – Ele falou nisso também. Você sabe como ele pode ser, quando se culpa pelas coisas. Ele gira em círculos. Isso parte meu coração.

– Vamos dar um belo dia a eles amanhã. Vamos deixar Matt decidir o que faremos. Vou conversar com ele a certa altura, ver se tem alguma coisa na cabeça dele.

– É sério, Richard. Ele estava lívido.

A chuva encharca minha pele. Está ficando mais escuro. Contorno a lateral do trailer, para nosso quarto.

Bato na janela.

– O que foi isso?

– O quê?

Agora eram vozes diferentes, vozes mais nítidas.

– Tenho certeza de que ouvi alguma coisa.

As cortinas se mexem, eu me afasto rapidamente. Não eram meus pais ali. Não éramos nós. Corri para os chuveiros, as latas de reciclagem, a bica de jardim.

Era tudo muito familiar.

Enfiei as mãos bem fundo nos bolsos e andei pelo caminho estreito, saindo pelo portão lateral, depois pegando o curto trecho da estrada e descendo ao caminho sinuoso do penhasco. O vento aumentava, esfriava. Galhos farfalhavam barulhentos sobre minha cabeça. Olhei para cima e quase escorreguei numas folhas molhadas. Acho que isso foi importante; manteve-o por perto.

A cada passo cauteloso, eu o sentia mais próximo. Tudo estava exatamente como eu me lembrava, até que virei uma curva, para onde realmente aconteceu, e ali era diferente. O corrimão enferrujado, a placa desgastada pelo clima. Este era o legado dele:

As crianças devem estar acompanhadas de um adulto
O TEMPO TODO

O corrimão era frio ao toque. Passei por baixo dele, cambaleando por um trecho de urtiga molhada, subindo o barranco íngreme. Depois andei de lado arrastando os pés, até que cheguei à beirinha do penhasco.

À beira de meu mundo.

Em algum lugar, o que restava do sol caía no mar. Mas não aqui. Não havia poentes no leste. Nenhum final espetacular luminoso de cor. No leste, o dia simplesmente desaparece numa escuridão prosaica. Isso parecia certo. Ele ficou sozinho por tempo suficiente. Fechei os olhos e invoquei a coragem para dar meu último passo.

Mas no lugar em minha cabeça onde se formam as imagens, eu via outro eu, um menino de 9 anos que agora abria os olhos, que tinha despertado de madrugada com pensamentos, preocupações e esperanças que eu não partilhava mais.

Talvez o meu eu de 9 anos pudesse se lembrar do menino de 6, talvez ele ainda se lembrasse do cheiro da tinta de tigre e da cara sorridente de Nanny Noo, meio oculta atrás da câmera.

 Eu não tinha uma mente dividida. Não sou pessoas diferentes. Sou eu mesmo, o mesmo que sempre fui, a única pessoa de quem nunca posso escapar. Estou sentado em minha sala de estar, puxando o fio do tempo, e assim estou parado na beira do penhasco e puxo o fio do tempo, e assim estou acordando em nosso trailer, meus pensamentos girando em círculos em torno da Garotinha da Boneca de Pano que gritou comigo, dizendo que eu estraguei tudo, embora eu só quisesse ajudar.

 — Acorda, Simon. Acorda. — Eu falava aos sussurros, para não acordar meus pais pelas paredes finas. — Acorde.

 Estendi o braço pelo vazio entre nossas camas e o cutuquei, meus dedos afundando na gordura macia de sua barriga. Ele piscou duas vezes, depois abriu bem os olhos.

 — O que é, Matt? Já é de manhã?

 — Não.

 — Por que está acordado?

 — Não consigo dormir. Quer ver uma coisa?

 — O quê?

 — Quer ver um cadáver?

 — O quê? Quero!

 — Estou falando sério.

Ele se mexeu para a beira da cama e meteu a cabeça no espaço, na minha direção.

 — Não está, não.

 — Estou, sim.

Nisso, ele soltou uma gargalhada e jogou a cabeça no travesseiro.

 — Cala a boca, Si. Vai acordar todo mundo. Por que tem de ser tão barulhento o tempo todo?

 — Desculpa. Eu não...

 — Fala baixo. Vai se vestir.

Mamãe ou papai tossiu dormindo e nós dois ficamos petrificados. Simon se exibiu, deixando o corpo todo

rígido, só os olhos se mexiam de um lado a outro, sorrindo para mim.
— Deixa de ser idiota. Toma, coloca isso.
Joguei-lhe algumas roupas e sua capa de chuva com os fechos.
— Não está chovendo, Matt.
— Não, mas pode chover. E está frio. Cadê a lanterna?
— Na sua bolsa, não na minha.
— Ah, sim. Shhhh.
Nós nos vestimos e ele colocou a capa de chuva, depois começou a mexer nos fechos. Ele sempre se atrapalhava com os fechos quando ficava nervoso ou animado com alguma coisa. Odiava se alguém tentasse ajudar, então fiquei olhando, acendendo e apagando a lanterna enquanto ele colocava os fechos nos buracos errados e recomeçava.
— Não consigo fechar, Matt.
— Quer que eu ajude?
— Não. Vou colocar. Vamos mesmo ver um cadáver?
— Vamos. Coloque este aqui.
— Eu faço isso.
— Shhhh. Tudo bem. Eu só estava...
— Pronto! — Ele sorriu para mim, seu grande sorriso de bobo.
— Então, vem. Vamos.
Vejo minha mão se estendendo para a maçaneta da porta do trailer, mas não a reconheço. Não consigo ver o fio de tempo que transformou as mãos dessa criança nestas mãos; sujas de tabaco, sujas de tinta, de unhas roídas até os cotos frustrados.
Abri a porta e saí para a última meia hora de vida de meu irmão. Ele me seguiu, sem fôlego de tanta empolgação.
— Aonde vamos? Onde é?
— Não fica longe, lá em cima.
— Acho que está chovendo um pouco.
— Então coloca o capuz.

Só precisamos da lanterna depois que passamos dos trailers e entramos na estrada estreita que leva ao lugar onde você fica parado se é sua vez de fechar os olhos e contar até cem.

Começou a chover mais forte. Simon agora se arrasta, olhando para trás por sobre o ombro.

— A gente tem que voltar, Matthew. Estou cansado. Não devíamos sair à noite. Não tem ninguém acordado. Vamos voltar.

— Deixa de ser um bebê o tempo todo. Fica por esse lado. Aqui. Segura isso.

Meti a lanterna na mão dele e contornamos a lateral da loja de camping até o trecho de grama crescida perto das latas de reciclagem. Estava mais escuro ali.

Talvez eu tenha sentido medo.

Provavelmente eu tive medo, porque à noite tudo é mais assustador, mais do que isso, porém, eu tinha raiva. Tinha raiva de sempre ser responsável por tudo, por Simon ter toda a atenção, por eu levar broncas aos gritos quando caía e machucava o joelho, e tinha raiva da garota com sua boneca idiota que pensava que podia gritar comigo também.

Eu tinha raiva de Simon por não manter a lanterna parada, pelo modo como ficava mudando o peso do corpo de um pé a outro, choramingando que era hora de voltar, que ele não queria ver um cadáver. Empurrei as mãos na terra molhada onde a cruz de madeira estava colocada, até que a ponta dos dedos bateu em algo macio.

— Eu não gosto mais, Matthew. Estou ficando molhado. Não tem cadáver nenhum aqui. Eu vou voltar. Vou voltar agora.

— Espera! Segura a lanterna parada, segura aqui embaixo.

Puxei um punhado de lama, e outro. Com Simon a meu lado pingando chuva do rosto. Ele queria que eu parasse, estava com medo. Não parei. Levantei-a no ar, ela estava suja, encharcada, os braços caídos de lado. Eu a segurei e comecei a rir, rindo de Simon ser tão patético.

— É uma boneca, Simon, é só uma boneca idiota, olha! Olha! Ela quer brincar com você.

Ele recuava, agarrando o peito como fazia quando o pânico o dominava, quando nenhuma palavra conseguia acalmá-lo. Ele me implorava, Para! Para! PARA! Suas mãos trêmulas seguravam a lanterna, apontando a boneca. Os olhos de botão brilhavam no facho de luz.

— Ela quer brincar com você, Simon. Ela quer brincar de pique.

Ele tentou correr, aquele jeito idiota dele de correr, recurvado para frente com as pernas bem separadas, pesadamente, pelo espaço entre a loja e as latas de reciclagem.

— Ela quer brincar.

Pulei atrás da bica, saltando em seu caminho, cortando a rota para os trailers. Ele ficou paralisado, largando a lanterna. Ela caiu no chão com ruído. Peguei-a, ainda rindo, e joguei a luz em sua cara.

Agora não era engraçado. Deixou de ser engraçado. Ele estava tomado de lágrimas, filetes de muco caindo do nariz, grudando em seus lábios molhados. Ele não parecia mais a lua. Parecia apavorado.

Ao longe, as ondas se quebravam no penhasco e em algum lugar a menina, a menina que gritou comigo, que me disse que eu não era mais bem-vindo, em algum lugar ela choramingava dormindo.

— Simon. Eu estava brincando. Foi uma brincadeira.

— NÃO, NÃO! — Ele me socou na barriga com a maior força que pôde.

Eu sempre fui um frouxo. Meu corpo se dobrou, eu não conseguia recuperar a respiração.

— Foi...

Eu não conseguia recuperar a respiração.

Ele se virou, indo em direção ao caminho, para longe dos trailers, para longe de mim.

– Simon, espera. Por favor.

Mas ele agora era mais rápido, chegando à entrada lateral, pegando a estrada, descendo a trilha do penhasco, no escuro.

– Simon, espera.

Não consegui alcançá-lo.

Não consegui.

O fim de Simon Anthony Homes foi cruel e repentino.

Foi desprezível.

É assim que penso agora. Era todo o universo dando as costas e se afastando, incapaz de se importar.

Ele não caiu muito, nem particularmente forte. Não com mais força do que eu mesmo caí poucos dias antes. E no mesmíssimo ponto; a mesma curva da trilha onde raízes expostas agarram tornozelos incautos. Houve o choque da queda e o sangue em meu joelho e Simon me carregou. Ele me carregou por todo o caminho para a segurança, sozinho, porque ele me amava.

A diferença – uma diferença – foi que no segundo antes de Simon cair, ele se virou. Olhou por cima do ombro para me ver. Foi o mais breve dos instantes.

– Fale comigo.

Aconteceu tão rápido que eu nem consigo reduzir o ritmo.

Não sei por que eu devia esperar. Mas esperei, de certo modo. Sou uma pessoa egoísta e me sinto enganado com a sensação que às vezes ouvimos as pessoas descreverem, quando falam da enormidade da situação que faz tudo parecer estar em câmera lenta.

Não foi assim.

– Por favor. Diga alguma coisa.

Ele se virou para me olhar e tentei me convencer de que ele estava sorrindo. Que a piada era comigo. Ele não estava com medo. Era tudo brincadeira e ele estava feliz porque pela primeira vez foi ele que me enganou. Ou digo a mim mesmo que foi um olhar de perdão. No último momento, ele sabia que eu o amava, que eu jamais quis machucá-lo.

Mas aconteceu rápido demais. Meu mundo não se moveu em câmera lenta. Às vezes me pergunto se o dele foi assim e, se foi, que última imagem eu lhe dei? Ela lhe foi de algum conforto, ou só traição?

Foi o modo como ele caiu, com o pescoço ainda virado. Era a fraqueza de seu tônus muscular, um sintoma de seu distúrbio. Era uma chance em um milhão, uma estatística porca. Foi o movimento de seu corpo, a velocidade, a trajetória, a terra escorregadia da chuva, o exato e obstinado local de uma raiz exposta.

E fui eu.

A onda que crescia no mar segundos antes de ele cair se quebraria segundos depois. Este universo desrespeitoso e indiferente simplesmente continuou com sua vida, como se nada de importante tivesse acontecido.

– Por favor. Fale comigo.

Tento levantá-lo, carregá-lo, mas o chão está molhado demais. Tem lama na minha boca e nos meus olhos, e ainda chove. Eu o levanto e caio, levanto e caio. Ele está mudo. Estou pedindo a ele para dizer alguma coisa. Por favor, diga alguma coisa. Caio de novo, batendo com força numa pedra e o abraço, segurando seu rosto no meu, tão perto que posso sentir seu calor sair. Por favor. Por favor. Fale comigo.

– Não posso carregar você. Desculpe.

A bonequinha de pano está deitada a nosso lado, na lama. Parece sentir frio sem o casaco. Gentilmente, com muita delicadeza, levanto a cabeça de Simon e coloco a boneca embaixo. Quero que ele fique confortável.

***

Eu sou eu. Estou em meu apartamento, sentado na poltrona dos braços queimados. Está ficando tarde. Estive datilografando por muito tempo e me cansei. Apaguei um cigarro no meu braço. Isso também queimou. Esperei que a dor me mantivesse aqui, mas não consigo segurar o fio.

O tempo cai por meus dedos.

No lugar em minha cabeça onde as imagens se formam, estou vendo outro eu. Tenho que fugir da enfermaria psiquiátrica e estou parado num alto de penhasco na ponta mais distante de meu mundo. Agora está escuro, mas a lua brilha. Grande demais. É Simon, me olhando. Posso ouvir sua voz no vento. Ele sente frio, não consegue prender os fechos. Eu avanço, colocando a ponta dos pés na beira.

– Está ouvindo?

Imagino como deve ser morrer, estar morto. O que aconteceria com meu corpo, como minha família o encontraria? Quem contaria a Nanny Noo? Quem contaria a Jacob? Sinto culpa por pensar assim. Preciso de coragem para dar o último passo.

– Saia daí.

Tem alguém atrás de mim, posso ouvir os passos.

– Está ouvindo? É perigoso. Você pode cair.

Mas no lugar em minha mente onde as imagens se formam, vejo outro eu; um menino de 9 anos ao pé da cama dos pais, a água da chuva lamacenta escorrendo das roupas em uma poça no linóleo do chão. Ele olha os pais, dormindo abraçados, a cara da mãe apertada e torta no canto do braço do pai, a boca escancarada, o pelo da axila dele roçando a testa dela, os lençóis embolados a seus pés, os tornozelos dos dois sem se tocar.

Este menino sabe que deve acordá-los. Se ele ouvir, vai me escutar gritando: acorde os dois. Conte a eles. Houve um acidente, Simon caiu. Aconteceu uma coisa horrível.

Acorde os dois.

O menino aperta as costas na parede, desliza em silêncio para o chão, abraçando os joelhos no peito, ouvindo apenas as últimas gotas de chuva batendo na janela e o murmúrio ocasional dos pais, abraçados e dormindo.

– Matthew, querido. O que aconteceu? – Mamãe ajoelhada a meu lado, sacudindo-me para me acordar. O quarto estava iluminado do sol do amanhecer. Eu sentia o calor de seu hálito em meu rosto, o cheiro fraco de decomposição.

Minutos depois meu pai andava do lado de fora, chamando meu irmão. Dizendo a ele para parar de bagunça. O som de sirenes ao longe tocando uma música para o medo na voz de mamãe.

– Não fique olhando para mim. Fale comigo. O que você fez? Onde está Simon?

Meu pescoço está rígido, duro de ficar no chão, de uma noite de roupas molhadas. Comecei a tremer, meus dentes batiam incontrolavelmente.

– Estou com muito frio, mamãe.
– Esqueça o frio. Onde está o Simon?

Não fui ao hospital com eles. Fiquei com o Sr. e a Sra. Onslow, um casal de aposentados que era dono do trailer ao lado do nosso.

– Vamos jogar Snakes and Ladders – disse a Sra. Onslow, colocando uma bandeja de suco e biscoitos no carpete a meu lado. Não respondi. Ela voltou à pequena área da cozinha para se ocupar com os pratos. Acho que não sabia mais o que dizer.

Houve uma batida na porta e o Sr. Onslow dobrou o jornal. Eu distinguia a voz de papai em seu diálogo aos sussurros, mas não ouvi o que dizia.

Papai veio se juntar a mim. Sentou-se no carpete de pernas cruzadas como eu, o que foi estranho, porque nunca o vi se sentar assim, então me perguntei por que ele escolheu justo agora. Ele estava pálido e cansado.

— Tudo bem, mon ami. Como está indo? — perguntou ele, afagando meu cabelo.

Dei de ombros.

— A polícia está aqui... — Sua voz grasnou e falhou. Ele parou, recompondo-se. — Não vai demorar muito. Você precisa dizer a eles o que nos contou.

Olhei fixamente o chão.

— Eu pensei que ia te acordar, pai.

Mamãe me abraçou com tanta força que pensei que minhas costelas iam quebrar. Ela precisava ter certeza de que eu estava realmente ali. Eu tinha consciência de dois policiais segurando sem jeito canecas de chá, então, assim que ela relaxou o aperto, eu me afastei.

Os policiais se apresentaram.

Um deles era mais ou menos da idade de papai e tinha um bigode grosso arruivado e usava óculos. O outro era mais novo, com cabelo preto penteado para trás, meio espigado no meio. Os dois estavam fardados, com os quepes na mesa.

— A primeira coisa a dizer é que você não está encrencado — disse o bigode. — Ninguém o está acusando de nada, ninguém está dizendo que você fez alguma coisa errada.

Mamãe apertou minha mão.

— Precisamos tomar um depoimento seu, o que significa que eu vou lhe fazer umas perguntas e vamos escrever o que você nos contar. Mas se quiser parar a qualquer hora, basta dizer. O que precisa fazer se quiser parar?

— Dizer.

— Isso mesmo. Muito bem, agora, antes de começar, vou lhe contar uma história. Você gosta de histórias?

— Às vezes.

— Às vezes. Bem, não sou bom com as histórias, mas esta não é muito comprida. Era uma vez um menino de sua idade, talvez um pouco mais velho, e ele decidiu experimentar um cigarro. Então ele pegou um cigarro do maço do pai e foi fumar em seu quarto. Depois ele ouviu a mãe subindo a escada, então ele jogou fora rapidamente. Ela entrou no quarto e perguntou, você estava fumando? E o menino disse que não. Então essa é a história, e eu te disse que eu não sabia contar histórias. Mas me diga, o menino estava mentindo ou dizia a verdade?

— Mentindo.

— Ele estava mentindo. É isso mesmo. Por que acha que ele mentiu?

— Para não ficar encrencado.

— É o que eu acho também. Mas se você se lembra, não está encrencado e não fez nada de errado. Então, preciso que me diga a verdade, está bem?

Senti um vazio encher meu peito e pensei que ele podia me engolir inteiro.

— Mas se você não se lembrar de alguma coisa, ou se não souber, então deve dizer que não sabe. De que cor é a porta de minha casa?

— Não sei.

— É isso mesmo. Você não sabe. Não viu, então não sabe. É amarela?

— Não sei.

— Muito bem. Agora, o que é mesmo que você precisa fazer se quiser que a gente pare?

— Eu digo.

— Exatamente.

Ele chupou o ar entre os dentes e assentiu para o cabelo preto puxado, que tirou a tampa da caneta.

— Eu falei muito, não foi? Agora é a sua vez. Quero que me conte sobre a noite passada.

***

Eu esperava ser algemado e mandado para a prisão imediatamente, mas isso não aconteceu. Depois de eles saírem, esperei que meus pais gritassem comigo, mas isso também não aconteceu.

Eu esperava isso porque era muito idiota e não entendia que algumas coisas são grandes demais. Qualquer castigo é um insulto ao crime.

Esta voz – a voz dele – você ouve dentro de sua cabeça, ou parece vir de fora, e o que ela diz exatamente, e ela diz para você fazer coisas, ou só comenta o que você já fez, e você fez alguma coisa que ela lhe disse para fazer, que coisas, você disse que sua mãe toma comprimidos, para que servem, tem mais alguém na sua família que seja LOUCO DE PEDRA, e você usa drogas ilícitas, quanto álcool você bebe, toda semana, todo dia, e como está se sentindo agora mesmo, em uma escala de um a dez, e numa escala de 1 a 7.400.000.000.000.000.000.000.000.000.000, e como é seu sono tarde da noite, e seu apetite, e o que exatamente aconteceu naquela noite na beira do penhasco, em suas próprias palavras, você se lembra, consegue se lembrar, você tem alguma pergunta?

Não.

Você disse que seu irmão estava na lua, você disse que o ouvia no vento?

Sim.

O que ele dizia?

Não me lembro.

Ele lhe dizia para pular? Ele lhe dizia para se matar?

Não é assim, não fale desse jeito. Ele queria que eu brincasse com ele. Ele se sentia sozinho, só isso.

Não queremos aborrecer você, mas é importante falar nisso.

Por quê?

Precisamos saber que você está seguro. Você disse que ele queria que brincasse com ele. Como você brinca com um morto, Matt?

Vai se foder.

Em algum lugar em toda a papelada que me segue está minha Avaliação de Risco. Papel amarelo vivo gritando alertas de como sou frágil, vulnerável e perigoso.

<u>Nome:</u> Matthew Homes
<u>DN:</u> 5/12/1990
<u>Diagnóstico:</u> A Serpente que Escorrega
<u>Medicação atual:</u> O Kit Completo

<u>Risco para Si Mesmo/Outros (favor dar exemplos vagos e enfeitados apresentados como fatos incontestáveis):</u>
Matthew mora sozinho, tem uma rede de apoio limitada e poucos amigos. Sofre de alucinações de comando, que atribui a um irmão morto. Que porra louca, hein? O problema é que se sabe que ele interpreta as ditas alucinações como um convite a se matar.

Atualmente ele é tratado pela Equipe de Saúde Mental Comunitária de Brunel e esporadicamente comparece a grupos terapêuticos no Hope Rd Day Centre (ou fica sentado sozinho em seu apartamento, datilografando interminavelmente em uma máquina de escrever que a avó lhe deu e, se pensar bem, isto é em si meio doentio).

Em 2 de abril de 2008, algumas semanas depois de dar entrada para uma longa estada no hospital na ala dos Doidos Birutinhas, Matthew desapareceu. Voltou ao local onde o irmão morreu, tendo em vista cometer o canto do cisne.

Sua tentativa foi frustrada por uma Transeunte anônima. Matthew não parece representar um risco significativo aos outros. Dito isto, quando a Transeunte mais tarde entrou em contato com a psiquiatria — aparentemente preocupada com o bem-estar de Matt e procurando garantias de que ele voltou em segurança —, a equipe conseguiu que ela informasse que ficou assustada e, com efeito, temeu pela própria vida.

Então, é como dizem. Todo cuidado é pouco.

Vão se foder
todos vocês.

Alguém está tocando meu braço.

Viro-me rapidamente, quase perdendo o equilíbrio. A mão aperta o braço.

— Meu Deus — disse ela. — Eu pensei... Pensei que você fosse cair. Você está bem?

Ela é ruiva. O cabelo sopra por seu rosto, longas mechas escapando do capuz da capa de chuva. Só consigo distinguir as sardas à luz da lua. E bem apertado em seu peito — como se a batida de seu coração dependesse disso — estava o cobertor de Simon.

Isso faz sentido. Faz muito sentido num sonho antes de acordar. Neste sonho ela era Bianca de EastEnders e ela me trouxe o cobertor de Simon para mantê-lo aquecido. Estendo a mão para pegá-lo, mas agora ela se afasta de mim — ainda me olhando —, tateando às costas para sentir a segurança do corrimão.

— É meu — diz ela.

— Mas...

Tem algo diferente. Ela levou o trapo de tecido amarelo ao queixo e agora vejo que é uma fivela de plástico preto. Tem uma manga, uma gola. Não era um cobertor. Ela não era Bianca.

— É... É você — digo. — Eu conheço você.

Esqueci-me de como eu posso intimidar. Ela olha meu casaco de camuflagem, minhas botas pretas e grandes.

— Eu não te conheço — disse ela. Sua voz soa baixo. — Só estava vendo se você estava bem, só isso. Agora vou para casa.

— Você guardou. Você guardou o tempo todo.

Simon estava no movimento de seu cabelo. Ele estava no casaquinho amarelo que inflava ao vento.

— Vou deixar você em paz — disse ela.

— Não se lembra do meu nome?

— É porque você não me conhece.

Ela se vira rapidamente para partir, mas não posso deixar. Preciso ter certeza de que ela era real.

— Me solta!

O casaquinho cai no chão, apanhado por uma lufada malandra de vento. Simon podia ser astuto. Vou atrás dele, pisando-o bem a tempo.

— Peguei. — Eu sorri.

Pensei que ela ficaria satisfeita, mas ela agora parece ter medo. Muito medo.

— Por favor, por que está fazendo isso? Não conheço você. Só queria ajudar...

Eu a estava segurando, era esse o problema. Eu a agarrava pelo pulso.

— Não. Você não entende. Não vou te machucar. Eu nunca tive a intenção de te machucar.

Quando ela tenta se afastar, eu solto seu pulso, o que faz ela cair no chão. E nesse momento a vejo como uma criança pequena de novo, como uma garotinha cuidando de um túmulo mínimo. Eu só quis ajudá-la, fazê-la se sentir melhor, mas não sabia como. Fiquei por ali, sem saber o que fazer. Eu queria reconfortá-la, mas em vez disso piorei tudo. Eu não sabia o que dizer.

Perguntei seu nome e ela disse.

— Annabelle.

Ela levantou a cabeça, limpando o rosto com o punho da capa de chuva. Seu capuz caiu para trás.

— Annabelle — eu disse novamente. — Seu nome é Annabelle.

Seu rosto brilhava ao luar. Eu sentia suas sardas, espalhadas às centenas.

— Você não se lembra de mim — eu disse. Eu respirava com tal velocidade que mal conseguia pronunciar as palavras. — Foi há muito tempo. Eu fiquei te olhando, vi você enterrar sua boneca. Eu vi o enterro. E depois.

                    E depois.

    E depois.

O choro veio de lugar nenhum.

Foi assim que pareceu.

Mas isto é só um jeito de dizer que foi repentino. Pegou-me de surpresa. Não veio realmente de lugar nenhum. Nada vem de lugar nenhum. Estava dentro de mim havia anos. Nunca soltei, não para valer. A verdade é que eu não sabia como. Ninguém ensina esse tipo de coisa. Lembro-me da viagem de carro, quando fomos para casa de Ocean Cove, meia vida atrás. Mamãe e papai choravam ao som do rádio, mas eu não estava chorando. Não conseguia. E, pensando bem agora, eu nunca chorei.

Então não foi chorar quando completei Mario 64 no modo single player, com o joystick do Jogador Dois embolado, sem vida no espaço vazio a meu lado.

E não foi chorar naquela hora no supermercado com mamãe, quando me deixei esquecer. Quis pegar a caixa de Pop-Tarts de morango da prateleira porque Simon gostava de Pop-Tarts de morango, mas ninguém mais gostava de Pop-Tarts de morango, então, quando percebi o que fiz, precisei colocar de volta. Tive de observar a mim mesmo colocando uma caixa de uma merda de Pop-Tarts de morango na prateleira do supermercado e torcer para mamãe não ver, porque, se ela visse, significaria mais idas ao médico, seriam mais horas de silêncio à mesa da cozinha. Ali também não foi um choro.

E houve outros momentos em que me permiti esquecer. Toda manhã de despertar, de acreditar pelo mais breve instante que tudo era normal, tudo estava bem, antes do chute nas entranhas me lembrar que não estava.

Aqui estava cada conversa de adultos que caiu em silêncio no segundo em que eu entrava na sala. Aqui estavam todos sabendo, todos pensando, todos tentando desesperadamente não pensar que se não fosse por mim, se não fosse pelo que eu fiz, ele ainda estaria vivo.

Aqui estava cada momento, desde que fechei os olhos pela primeira vez para contar até cem, desde que os abri para trapacear.

Não vinha de lugar nenhum, mas de certo modo me pegou de surpresa. As lágrimas caindo mais rápido do que eu conseguia enxugar.

— Desculpe, Simon. Eu sinto tanto. Perdoe-me. Por favor, pode me perdoar?

Annabelle podia ter me deixado ali. Eu não a teria culpado se me deixasse. Eu a assustei e ela agora tinha chance de escapar. Fugir deste louco. Mas ela não foi embora.

— Shhhh, shhh. Vai ficar tudo bem.

Senti que ela gentilmente pegava minha mão, ouvi-a sussurrando para mim enquanto eu chorava.

— Você vai ficar bem.

— Me perdoe.

esse adeus, o adeus

O Dr. Clement se levantou para um aperto de mãos, prendendo meus dedos, impossibilitando que eu retribuísse um aperto firme.

— Matt, é bom te ver. Richard. Susan. Por favor, sentem-se.

— Alguém gostaria de uma xícara de chá? – ofereceu Claire-ou-talvez-Anna.

— Estamos bem – disse minha mãe com aquele seu jeito seco, quando todo mundo via de cara que ela não estava nada bem. Ela se preocupava com essas reuniões mais do que eu.

Ela chegou à psiquiatria mais de uma hora antes, agarrada a uma sacola de compras com uma calça preta bem dobrada, uma camisa branca imaculada e meus antigos sapatos da escola engraxados e brilhantes. Ela me deu um banho no banheiro dos pacientes, enchendo a banheira de espuma. Escovei os dentes e, pela primeira vez em quase um mês, fiz a barba. Papai chegou do trabalho alguns minutos antes da hora marcada da reunião. Fizemos nosso aperto de mãos especial. Ele disse que eu estava elegante.

— Muito bem – disse o Dr. Clement. – Vamos começar pelas apresentações.

Eles eram muitos. Percorremos a sala, cada pessoa dizendo seu nome e cargo.

Esqueci-me deles de pronto.

Quando o estudante de enfermagem veio me pegar, explicou que havia muita gente; a equipe comunitária também tinha sido convidada, disse ele. Isso era bom, explicou. Eles foram convidados para ajudar com os preparativos para minha alta do hospital. Ele propôs sair, se eu quisesse, só que seria útil para seus objetivos de aprendizado se ele pudesse estar envolvido, sim? Eu disse que os objetivos de aprendizado dele eram muito importantes para mim. Esqueci-me de parecer sarcástico. Ele ficou agradecido, dizendo que eu não devia me preocupar com tanta gente, porque era eu que importava. Quando as apresentações chegaram a mim, eu disse:

– Matthew Homes, hmmm, paciente.

O Dr. Clement me examinou por um momento por cima do aro dos óculos, depois soltou uma única risada.

– Ótimo. Bem, o propósito desta reunião é informar a todos como vão as coisas para Matthew e tomar algumas decisões coletivas de como vamos agir a partir daqui. Como está se sentindo, Matthew?

O problema era que, como era eu que importava, todos olhavam para mim. É difícil raciocinar direito debaixo do olhar de tantas caras diferentes – seus pensamentos ficam travados.

– Na verdade eu vou querer uma xícara de chá, se não tiver problema. Minha boca está meio seca.

Comecei a me levantar, mas o Dr. Clement gesticulou para que eu ficasse quieto e disse que prepararia para mim. Disse isso enquanto olhava o estudante de enfermagem, o que acho que era um convite para ele se oferecer a buscar. Ele foi buscar, e o Dr. Clement falou.

– Obrigado, Tim, poderia me fazer esse favor?

– Claro, claro. Está tudo bem. Como toma mesmo o chá, Matthew?

– Três cubos de açúcar, por favor.

Mamãe lançou um olhar de reprovação e eu disse:

– Ou dois. Não importa. Eu mesmo posso me servir...

– Está tudo bem. – Ele saiu da sala.

Do canto, um ventilador elétrico lambia as páginas de minhas anotações clínicas. Papai se remexeu na cadeira, alguém reprimiu um bocejo, uma mulher perto da janela olhou o celular, depois o largou numa bolsa florida.

Numa mesa baixa no meio da sala, havia uma caixa de lenços de papel, uma pilha de folhetos sobre diferentes tipos de doença mental e uma planta em um vaso com folhas que pareciam doentes. Devo ter passado tempo demais notando essas coisas, tempo demais pensando nelas.

– Continue – disse o Dr. Clement. Havia certa irritação em sua voz. – Em suas próprias palavras.

– Não devíamos esperar pelo, hmmm...

Ele virou a cadeira nas pernas traseiras, pousando os pés na beira da mesa. Ele não usava sapatos escolares para ficar mais apresentável.

– Está tudo bem. Sei que Tim não vai se importar. Vamos começar. Como está se sentindo?

Quando voltei de Ocean Cove, eles me colocaram na Unidade de Alta Dependência. Era para meu próprio bem, explicaram. Isso me ajudaria a me sentir mais estabilizado. Na Unidade de Alta Dependência, todas as portas são trancadas, os enfermeiros ficam sentados em uma sala por trás de um vidro grosso de fortaleza e comemos com talheres de plástico. Aumentaram a dosagem de meus remédios e os enfermeiros me vigiavam tomar os comprimidos, depois me faziam falar de meu estado de humor, meu sono, meu tempo ou meu clima, até terem certeza de que eu os engoli. Foi mais ou menos nessa época que alguém falou pela primeira vez que também estavam disponíveis em injeções.

Passei a maior parte do tempo na cama, ou fumando no quadrado enjaulado de concreto nos fundos – sempre acompanhado de um enfermeiro. Eu tinha muito tempo para pensar e, quando não estava pensando em Simon, meu pensamento mais frequente era em Annabelle.

– Uma xícara de chá com o mar?
– O quê?
– Eu ia tomar uma. Pode vir comigo. Posso confiar em você, não posso?

A chuva não caía muito forte, dançando em volta de nós num borrifo fino, prata brilhante na luz da lua. Não sei quanto tempo fiquei chorando, só que tinha parado. Senti-me um tanto vazio. Senti-me estranhamente calmo. Annabelle ainda estava a meu lado, olhando-me atentamente.

Ela colocou a mão no bolso de sua bolsa, pegando uma garrafa térmica de metal com um pequeno amassado perto da base. Lutou por um segundo com a tampa antes de abri-la. A garrafa soltou um guincho quando o vapor foi liberado no ar frio da noite. Isto em si foi estranho. Ou melhor, não foi estranho o bastante. Sou uma pessoa que interpreta muito as coisas, sempre procurando as letras miúdas. A essa altura você já deve ter entendido isso. Não tenho a intenção de agir assim, mas não consigo evitar. Eu vejo símbolos. Vejo truques da realidade. Verdades ocultas. Mas não havia letras miúdas numa garrafa térmica. Nem numa garrafa térmica meio amassada com uma tampa apertada o bastante para obrigar uma pessoa a se esforçar, mas que por fim se abre. Nada, absolutamente nada é mais comum do que isso.

Isso realmente estava acontecendo.

– Ou a gente pode voltar ao trailer, se preferir. Tomar uma sopa quente ou coisa assim? Vou te arrumar umas roupas secas. Você está totalmente ensopado.

– Hmmm... Eu...

– É claro que isso significaria conhecer meu pai também. E ele vai querer saber o que você estava fazendo perto dos trailers. Não será grande coisa, mas ele vai perguntar. Estritamente falando, você invadiu, sabia?

– Desculpe, eu estava... Eu pensei...

Ela quase sorriu.

– Eu tenho cara de quê? Não precisa explicar a mim. Só estou tentando lhe dar suas opções, é só isso. Porque de jeito nenhum vou deixar você aqui. Não assim. Não vou deixar você...

Ela parou.

Mas sei o que ela ia dizer. Ela meneou a cabeça dentro do capuz da capa de chuva.

– Desculpe. Isso estava saindo errado. Eu só queria dizer... Que eu estava preocupada com você.

O Dr. Clement deixou a cadeira cair com um baque decisivo.

Eu podia sentir que ele explorava as pequenas contrações e movimentos de meu rosto. Como eu estava me sentindo?

Talvez eu pudesse dizer a ele como era fazer 18 anos encarcerado em um hospital psiquiátrico. Eu estava na cozinha dos pacientes, vendo a chaleira ferver, tentando ouvir Simon na água que borbulhava, quando mamãe e papai apareceram no corredor. Mamãe segurava um pacote embrulhado em ouro e prata, amarrado com um balão de hélio prateado.

Eu nem tinha percebido que dia era.

– Obrigado, mãe, obrigado, pai.

Fomos a meu quarto para desembrulhar. O balão flutuou para o teto, quicando até um canto.

– Se não for o certo...

– Não. Está bom.

– Na verdade, foi Jacob que recomendou – explicou papai. – Encontramos com ele outro dia no centro, ele lhe contou?

– Eu nunca o vejo.

– Ele disse que pretendia vir...

– Eu disse que nunca o vejo, está bem?

Eu não queria elevar minha voz desse jeito. Não era culpa deles.

– Desculpe. Desculpe. Eu não queria gritar.

Papai dobrou bem o papel de embrulho, depois olhou em volta, procurando uma lixeira antes de largá-lo atrás de minha cama e olhar pela janela. Mamãe estava sentada a meu lado. Afagou meu cabelo atrás da orelha como costumava fazer quando eu era pequeno.

– Creio que ele acha difícil demais – disse ela por fim. – Jacob acha muito difícil. E nós achamos difícil. É difícil para as pessoas que amam você.

Olhei meu balão de hélio abraçar o teto.

– Eu também estou achando difícil.

– Eu sei. Ah, meu amor. Eu sei.

Papai bateu palmas animadamente, daquele jeito repentino que ele tem quando quer ser decisivo. Quando ele quer nos salvar de nós mesmos.

– Então, vamos jogar? – perguntou ele.

Empurrei a tristeza de lado. Não queria ficar chateado enquanto eles se esforçavam tanto para que o dia fosse bom.

– É um presente ótimo – eu disse. – Obrigado.

E eu fui sincero. Não fazia muito tempo, era o que eu mais queria – um PlayStation 3 e alguns jogos decentes –, mas agora eu nem conseguia pensar em quais games eram. O que eu sei é que meus pais foram uns inúteis em todos eles. Mas era meio divertido vê-los tentar. Fomos até a sala de TV para ligar o game e nos revezamos para jogar, mas Thomas e alguns outros pacientes se juntaram a nós. Euan, acho que era esse. E talvez Alex. Era Alex? Não importa, porque troquei todos os nomes mesmo. Ninguém nessa história tem seu nome verdadeiro. Eu não faria isso com as pessoas. Até Claire-ou-talvez-Anna fica entre dois nomes que não consigo decidir. Você não acha que me chamo realmente

Matthew Homes, acha? Não acha que eu simplesmente entregaria toda minha vida a um estranho?

Sem essa.

Foi divertido, porque, sempre que era a vez de jogar, a pessoa que estou chamando de Euan não conseguia ficar parada. Mexia-se pelo lugar, mal olhava a tela. E soltava todo tipo de ruído com a boca.

– Kerpow! Kerpow!

Ele nem mesmo percebia que estava fazendo isso.

– Kerpow!

Pensei em quando eu era mais novo; uma época em que fiquei doente, genuinamente doente pela primeira vez e mamãe me ajudou a fazer a toca na sala, e jogamos Donkey Kong juntos em meu Game Boy Color.

– Lembra disso, mamãe?

Ela me olhou vagamente. Não vagamente. Mas meio distante – olhando através de mim para algum lugar longe dali. Sua voz soou distante também.

– Acho que não me lembro.

Ela não guarda muita coisa. Não dessa época. Ela não sabe como ela era – como ela era comigo. Ela não sabe como seu sofrimento se expandia, enchendo a casa. Como ele a controlava.

– Na época você estava totalmente pirada – eu disse.

– Kerpow! Ka Bum!

– Como, querido?

Mas talvez eu é que tenha confundido tudo. De qualquer modo, que diferença isso realmente faz? Ela fez o melhor que pôde. Acho que há uma data de validade quando se trata de culpar seus pais por você ser um perturbado.

Acho que é isso que significa fazer 18 anos.

É hora de ser responsável.

– Como, querido? – perguntou ela de novo.

– Nada. Não é importante.

Curvei-me para minha mãe, deixando a cabeça pousar gentilmente em seu ombro. Eu a ouvi respirar. Quando foi a minha vez de jogar, deixei que Thomas assumisse. Aninhei-me na curva do braço da mamãe. Depois coloquei uma almofada em seu colo. Eu dormi assim. Ela era toda ossos e bordas duras. Ela nunca foi confortável, mas sempre estava presente.

– Ka Blamo!

Naquela noite, os dois ficaram para jantar na psiquiatria. Em geral o jantar era apenas de sanduíches, mas para comemorar meu aniversário papai comprou peixe e fritas para a ala inteira – todos os pacientes e funcionários. A sala de jantar farfalhava de papel de batata frita. Todo o prédio cheirava a sal e vinagre.

Mamãe despareceu na metade disso, depois as luzes se apagaram e ela voltou com um bolo de chocolate de aniversário e 18 velas acesas. Todo mundo explodiu num coro de Parabéns pra Você. Simon também cantou.

Ele estava nas chamas.

É claro que ele estava nas chamas.

Uma enfermeira me segurou pelo pulso, levando-me rapidamente à clínica, onde colocou meus dedos queimados na água fria da torneira. Eu não tinha ideia do que fizera, só que tentei segurá-lo.

Meu remédio mudou mais uma vez. Mais efeitos colaterais. Mais sedação. Na época, Simon ficava mais distante. Eu olhava as nuvens de chuva, as folhas caídas, os olhares de lado. Procurava por ele nos lugares onde passei a esperá-lo. Na água que corria da torneira. No sal derramado. Tentava ouvi-lo nos espaços entre as palavras.

No início me perguntei se ele estaria com raiva de mim, será que ele tinha desistido? Fiquei triste de pensar nisso.

Não sei qual de nós era mais dependente do outro. Com o passar das semanas, eu me deitava na cama, ouvindo fragmentos de conversas que vagavam da sala dos enfermeiros, o raspar das vigias das portas. E eu olhava meu balão de hélio morrer lentamente.

O pior nessa doença não são as coisas em que ela me faz acreditar, ou que me obriga a fazer. Não é o controle que ela tem sobre mim, nem mesmo o controle que ela permite que outras pessoas tenham.

O pior de tudo é que me tornei egoísta.

A doença mental volta as pessoas para dentro. É o que eu acho. Deixa-as para sempre presas pela dor de nossa própria mente, da mesma forma que a dor de uma perna quebrada ou um polegar cortado prenderá sua atenção, segurando-o tão firmemente que parece que sua perna boa ou seu polegar bom deixaram de existir.

Estou preso a olhar para dentro. Quase todo pensamento que tenho é sobre mim – toda essa história tem sido só sobre mim; como eu me sinto, o que penso, como eu sofri. Quem sabe se é esse tipo de coisa que o Dr. Clement quer ouvir?

Mas o que eu disse foi:

– Eu não fiz nada de errado.

– Claro. Claro. Mas as pessoas têm estado preocupadas com você. Por que é assim, o que você acha?

– Eu não...

A médica mais perto de mim levantou minha pasta de anotações clínicas, mas o Dr. Clement falou.

– Está tudo bem, Nicola. Não precisamos escrever nada. Vamos só ouvir o Matthew.

Ela baixou a caneta, ruborizando-se. Os médicos têm uma hierarquia e o Dr. Clement está no topo. Ele é meu psiquiatra. O que ele diz, vale.

– Quero ir para casa.

***

– Onde fica sua casa? – perguntou Annabelle.

Ela me pediu para descer ao Cove com ela. Não protestei. Havia algo no modo como Annabelle me olhava – um olhar em algum lugar entre o decidido e o suplicante. E talvez eu sentisse que devia alguma coisa a ela.

A chuva tinha parado. O ar estava imóvel. As pedrinhas eram esmagadas sob nossos pés enquanto chegávamos à praia, onde pequenas ondas escuras quebravam-se em espuma branca.

– Eu moro em Bristol – disse a ela. – Tenho meu próprio apartamento. Quer dizer... Não sou dono dele nem nada.

O mar parecia uma seda preta. Ou talvez veludo. Sempre confundo os dois. Era bonito, era onde eu queria chegar. Era o mesmo preto do céu e assim, olhando o horizonte, não se tinha certeza de onde o mar parava e onde o céu começava.

E a lua era imensa. E em toda parte as estrelas se espalhavam aos milhões.

– Deve ser bom morar aqui – eu disse.

– Eu moro numa porcaria de trailer, Matt. Com meu pai. Não é bom morar aqui.

– Você não viu meu apartamento.

Ela riu dessa. Eu não tentava ser engraçado, mas era bom vê-la rir. Ela ria muito. Ela é uma pessoa que pode dizer "eu rio para não chorar".

Ela não disse isso, mas eu podia imaginar muito bem. Ela parecia legal. Acho que qualquer um que fica à vontade com um estranho enquanto ele desabafa sobre a vida deve ser muito legal. Mas era mais do que isso. Annabelle tinha um jeito todo dela. Como se tudo fosse importante, mas nada tão importante que não pudesse ser interrompido por outra oferta de chá de sua garrafa térmica, ou por perguntar se você estava bem aquecido, porque não teria problema nenhum de voltar ao trailer e pegar emprestado um dos blusões do pai. E ela lamentava que você estivesse passando por dificuldades, lamentava de verdade. Mas vai ficar tudo bem. Ela estava certa disso.

Ela conhece a tristeza. É isso. Só pensei nisso ao escrever. Ela conhece a tristeza e isso a torna gentil.

– Ela nem tinha um nome – disse Annabelle.

Tínhamos andado pela praia e voltamos para as cabanas dispersas na areia. E agora estávamos sentados lado a lado em um pequeno barco a remo virado. Nossos joelhos quase se tocavam.

– Não era minha boneca preferida. Se tivesse um nome, teria mudado todas as vezes em que eu brincava com ela. Mas quando você nos viu, quando você assistiu a seu enterro, ela se chamava Mamãe.

Ela sabia disso. Porque todas se chamavam assim.

Se eu contasse até cem no dia anterior, talvez a tivesse visto enterrar uma Barbie na terra, ou na véspera disso um Furby, ou um coelho da Sylvanian Families. E todos eles se chamavam Mamãe.

– Meu Deus – disse Annabelle. Ela cobriu o rosto com as mãos, embora estivesse escuro demais para eu ver que chorava. – O que eu vestia?

A única diferença com o enterro que eu vi era que ela chorava.

– O casaco?

– Era para ser um vestido.

Ela tirou o pedaço de tecido amarelo do bolso, mas não entregou a mim. É estranho. Ela confiava em mim o bastante para ficar sozinha comigo a essa hora da noite. Mas havia algo no modo como o segurava, o punho pequeno bem fechado. Eu sabia que isso não era um convite a pegá-lo de novo.

— Nós o fizemos juntas – disse ela. – Era para ser um vestido, mas mamãe me deixou ajudar demais e acabou... Mais parece um casaco, você tem razão.

Tornou-se uma manta. Os amigos implicavam porque ela nunca ficava sem ele. Foi o que ela me disse. Rasgou-se nos lugares que ela esfregava entre o polegar e os dedos sempre que via TV ou lia. E também estava encardido. Mais marrom do que amarelo, na verdade. Até fedia um pouco. Ela riu alto quando disse isso, quando me contou que nem uma vez o colocou na máquina de lavar, para não se desintegrar.

E tudo isso de certo modo tornava-o mais real. Como se não fosse possível ser o cobertor de Simon, porque ele tinha sua própria história. Porque era de Annabelle.

— Eu nunca teria guardado por todo esse tempo – disse ela, de repente séria, de repente olhando-me nos olhos. – Eu não devia ter feito isso. Só que teve um significado maior depois do que aconteceu. E de certa forma acho que foi por sua causa.

O Dr. Clement olhou para meu pai com uma piscadela pesarosa. Papai assentiu devagar.

— Vamos tentar de outro jeito – continuou o Dr. Clement. – Gostaria de lhe fazer a pergunta difícil.

Por instinto, me peguei procurando a mão de mamãe. Não porque eu precisasse de conforto, mas talvez para lhe oferecer algum. É este meu plano de tratamento? Quando garoto, eu matei meu irmão e agora devo matá-lo de novo. Recebi o remédio para envená-lo, depois quiseram ter certeza de que ele está morto.

O Dr. Clement baixou a voz.

— Diga-me – disse ele. – Simon está na sala conosco? Seu irmão ainda fala com você?

A porta se abriu, o estudante de enfermagem entrou, derramando chá na mão.
— Ai! Aí está, Matt. Desculpe por demorar tanto.
— Obrigado.
— Estávamos sem açúcar. Tive de pegar um pouco na despensa...
— Está tudo bem, Tim. — Claire-ou-talvez-Anna falou suavemente, gesticulando para que ele sentasse.

Então toda a sala me olhava de novo. Eu devo ter respondido baixo demais, porque o Dr. Clement pediu desculpas, mas que eu precisava falar um pouco mais alto.

Alguém apertou o botão do ventilador, fazendo com que as pás parassem.

Não foi intenção dela o que aconteceu entre nós.

A maneira como eu a empurrei na terra enquanto ela enterrava seu brinquedo. Quando ela tentava dar esse adeus, o adeus; aquele que ela achou que precisava.

Não. Ela não estava falando nisso, porque não se lembrava. Não tinha recordações de um menino pequeno que a espionava, nem de como gritou comigo e disse que eu tinha estragado tudo.

E se isso é difícil de acreditar, então talvez você possa pensar em sua própria vida. Pense em quando você tinha 8 ou 9 anos. Veja se as lembranças que tem são as mesmas que você espera encontrar. Ou se são fragmentos, momentos deslocados, um cheiro aqui, uma sensação ali. As conversas e lugares mais improváveis. Nessa idade, não escolhemos o que guardamos. Na realidade, não escolhemos nunca.

Por isso ela não guardou aquilo. Mas ela guardou algumas lembranças em torno dela. É assim que juntamos nosso passado. Fazemos isso como num quebra-cabeça onde faltam peças. Mas, se tivermos peças suficientes, podemos saber o que se encaixa nos espaços.

Uma peça que Annabelle tem é sua boneca voltando do túmulo.

– Aconteceu algumas semanas depois...

Annabelle se interrompeu. Disse que estava frio. Disse que eu estava ensopado, será que eu preferiria pegar umas roupas secas?

– Eu estou bem aqui – respondi. – Não estou com frio. E você?

– Não. Eu estou bem – disse ela. – É difícil falar nisso. Não quero te incomodar. Podemos falar de outra coisa? Talvez você prefira ir para casa.

Eu não disse a ela que minha casa na verdade era um hospital psiquiátrico. Mas eu diria. Antes que esta noite terminasse. Antes de estar em um ônibus com um casaco a mais, uma maçã, uma barra de Snickers e um sanduíche de queijo. Antes disso, eu contaria tudo a ela.

– Foi algumas semanas depois do acidente, do horrível acidente. Com seu...

Simon não dizia nada. Mas ele ouvia. Ele estava na beirinha da água. Estava nas marolas mais rasas. Ele fazia as pedrinhas brilharem.

– Então foi assim? – perguntei.

– Como assim?

– Foi assim que as pessoas chamaram? Um acidente?

– Claro. Claro que foi isso. Você se culpa, não é?

– Às vezes. Muito, ultimamente.

Ela balançou a cabeça.

– Meu pai também se culpava. Por não colocar um corrimão ali em cima, embora pensasse em fazer isso. Por não colocar uma placa lá. Por ficar triste demais para fazer tudo isso. Mas não foi culpa dele também.

E foi isso que o policial veio dizer quando trouxe a boneca de Annabelle em um saco de papel pardo. O policial – o policial de bigode arruivado grosso e óculos. O mesmo policial que tomou meu depoimento. Era um velho amigo da família. Mais amigo da mãe de Annabelle, na verdade. Eles estudaram juntos na faculdade. Ele foi ao casamento. Foi ao enterro dela. Ele sabia o quanto o pai de Annabelle se debatia – bebendo demais, assumindo responsabilidades demais. O policial procurava desculpas para dar uma olhada nele de vez em quando. Precisava de desculpas, porque o pai de Annabelle é do tipo que nunca pede ajuda.

Ele é como eu.

Então, quando a breve investigação da morte de Simon Homes chegou ao veredito de acidente trágico – este amigo da família procurou uma desculpa e encontrou uma na bonequinha de pano encontrada na cena. Que eu coloquei cuidadosamente sob a cabeça de meu irmão, para deixá-lo confortável.

Foi um mau julgamento, talvez. Talvez não. Sem dúvida nenhuma.

O policial não parou para pensar que Annabelle podia entrar correndo para cumprimentá-lo. Ele não parou para pensar que ela não tinha mais hora de dormir. Não tinha hora de tomar banho. Não tinha hora de contar histórias. Ele não pensou realmente em nada disso. Mas às vezes todas as estrelas de todo o universo conspiram para que aconteça uma coisa boa.

– Eu fiquei paralisada – disse Annabelle.

E ela estava meio aliviada de me contar isso. Olhava para frente, para o grande mar escuro, mas no lugar de sua cabeça em que as imagens se formavam, ela estava parada na pequena recepção. O pai e o tio Mike, o Policial, conversavam. Uma conversa afetada e desajeitada. E ali, no balcão, com um braço virado de forma desajeitada, de cara virada, olhando para ela, estava sua boneca morta.

– Meu Deus – disse ela. – O que ele acha que meu pai ia fazer? Dar um banho nela, levá-la para mim? Aqui está a sua Bella-Boo, aqui está sua boneca de volta. O tio Mike achou que você ia querer. A propósito, foi encontrada debaixo de um garotinho morto! Porra! Merda. Desculpe. Me desculpe, Matt.

– Está tudo bem – eu disse.

E fui sincero nisso também.

O Dr. Clement lança um breve olhar ao outro médico, depois os dois se voltam para mim.

– Não, ele não está – digo. – Simon não está falando comigo. Ele não está aqui. Ele não está na sala. Ele morreu há muito tempo.

Mamãe pega um lenço na mesa.

O Dr. Clement dá um pigarro.

– Minha impressão é de que você fez um verdadeiro progresso...

– Posso ir para casa?

– Como estava dizendo, você está progredindo, mas essas coisas levam algum tempo. É melhor não nos apressarmos. Vamos tentar primeiro alguns períodos curtos de alta, longe do hospital. Uma noite de cada vez. São os primeiros dias para você ficar em seu apartamento sozinho, mas...

– Ele pode ficar conosco – disse mamãe. – Ele pode ficar conosco. Podemos cuidar dele.

– Certamente esta é uma boa alternativa.

Não consigo me lembrar de muita coisa depois disso. Foi difícil de acompanhar. Então não sei exatamente quando a mulher da equipe comunitária começou a falar. Estava ansiosa para trabalhar comigo, mas não se tratava de quem cuidaria de mim, e sim de preparar o caminho para eu cuidar de mim mesmo.

Foi assim que ela colocou, de qualquer forma.

Nunca sei como responder quando as pessoas dizem coisas assim, como preencher o silêncio de expectativa que sempre vem junto.

– Qual é o seu nome mesmo?

Ela sorriu.

– Denise. É Denise Lovell. É um prazer conhecê-lo.

Passo um tempo olhando a planta doente e por fim o Dr. Clement olha o relógio com espalhafato, dizendo que tudo foi muito produtivo.

Foi meio estranho, porque ele interrompeu um homem que ainda falava entusiasmado de um Day Centre onde havia muitos grupos que me receberiam muito bem.

– Desculpe, Steve – disse o Dr. Clement. – Estou ficando sem tempo.

– Não, não. Eu me alonguei muito. Só quero dizer que o Grupo de Arte é muito popular. Soube que você é bom em arte, não é, Matt? Ah, e no futuro vamos receber um computador, então haverá isso também.

Ele acena para mim. E dá uma piscadela.

O policial saiu, levando a boneca, fazendo um gesto silencioso para o pai de Annabelle, com os dedos no rosto como um telefone, murmurando as palavras, "ligo para você amanhã, amigo".

Annabelle sentiu os dedos dos pés se erguerem do chão.

Ela caiu com um baque suave no colo do papai. Se ela fechar os olhos e se concentrar, ainda pode sentir o calor da mão dele em seu rosto lacrimoso, como ele manteve a cara da filha em seu peito. Ela ainda pode sentir a ponta de sua gravata fazendo cócegas na lateral de seu nariz. Ainda pode ouvir a conversa deles.

Eles não falaram de bonecas. Não falaram do garotinho. O que eles falaram, do que falaram mesmo – e pela primeira vez desde que ela morreu, três meses antes – foi da mãe dela.

Annabelle contou ao pai que a mãe lhe pedira desculpas sem parar quando explicou sobre o câncer. Que se lamentava porque de algum modo era sua culpa, mas não era culpa dela realmente, era? E o pai de Annabelle explicou que foi assim porque ela não queria se ausentar da vida da filha, não estaria ali para Annabelle procurar quando a vida ficasse difícil. Porque a vida pode ser difícil. Mas que ela sempre poderia vir até ele, sempre, e eles sempre pensariam no que a mamãe diria.

– A mamãe ia querer que você continuasse lendo histórias para eu dormir – disse Annabelle.

– Ela ia, não ia?

– Ia.

– E ela ia querer que você comesse seus legumes, todos eles. Até o brócolis.

– Não.

– Ela não ia querer?

Annabelle apertou a cara em sua camisa e disse numa voz abafada.

– Ia. Ela ia querer. Mas ela ia querer que você ficasse e me visse nas aulas de balé e não fosse para o pub até eu terminar.

Se fechar os olhos e se concentrar, Annabelle ainda pode ouvir tudo isso.

– Acho que tem razão. Acho que tem razão.

Ela se lembra de segurar no queixo o vestido amarelo da boneca, esfregando-o entre o polegar e o indicador enquanto eles conversavam.

O enterro foi grande demais e estranho. E tudo desde então foi vazio. Mas sentada no joelho do pai, sentada ali pela longa noite, porque os dois concordaram que desta vez, só desta vez, a mamãe não ia querer que ela tivesse hora de dormir – eles começaram a se despedir.

– Foi uma solenidade em memória dela – disse-me Annabelle.

Ela agora sorria. Tinha chorado um pouco e seus olhos estavam molhados e cintilantes. Mas ela sorria ao falar.

– Foi quando as coisas começaram a melhorar.

Levantei-me do barco virado e senti os seixos se mexerem sob minhas botas.

– Você está bem? – perguntou Annabelle.

– Qual foi a palavra que você usou?

– Quando?

– Como você chamou. Uma solenidade, não foi?

– Foi o que pareceu.

– Pareceu bom.

– E foi. Foi mesmo.

– Annabelle. Agora estou pronto para ir.

O sol não se punha no leste. Mas vendo a faixa de luz azul se estendendo pelo horizonte, parecia-me estar prestes a nascer.

Depois da reunião, meus pais me levaram à cantina do hospital. Pedimos dois cafés e um chocolate quente com creme e flocos.

– Então eu posso ficar com vocês? – perguntei.

– Sempre pode – disse mamãe.

– Quer dizer, de alta temporária ou o que for. Longe desse lugar?

– Foi o que o Dr. Clement disse.

– É uma boa notícia, não?

– Sim. É.

Ficamos em silêncio então, tomando nossas bebidas. Uma mulher com rede no cabelo apareceu limpando mesas. Alguém na fila do caixa deixou cair a bandeja, depois olhou a sujeira como se estivesse disposto a limpar ele mesmo. Veio um anúncio do sistema de som dizendo alguma coisa sobre algo. As pessoas entravam e saíam. Não falamos nada por séculos, depois eu disse:

– Quero fazer uma coisa.

– Hmmm?

– Não agora. No verão que vem.

– Bom, ainda falta muito – disse papai.

– Eu sei. Mas eu estou... Estou doente demais agora. Preciso melhorar primeiro. Agora eu sei disso.

Mamãe baixou a xícara.

– E então, o que é?

– Não quero contar. Mas vocês têm de me dizer que eu posso. Precisam me dizer que tenho permissão.

– Bem...

– Não. Eu preciso que confiem em mim.

Papai se curvou e falou em voz baixa.

– Ami. Não é que não confiemos em você, mas não podemos concordar com...

Foi estranho que isso acontecesse desse jeito. Eu nunca teria imaginado que seria minha mãe a levar os dedos à boca, impedindo meu pai de perguntar.

– Nós confiamos em você – disse ela. – Está tudo bem. No que você precisar fazer. Nós confiamos em você.

lembrança

Escrevi as cartas de convite sentado bem aqui.

Foram as primeiras coisas que escrevi neste computador, antes mesmo de pensar em escrever minha história nele. Ainda as tinha salvas, mas precisei da ajuda de Steve para encontrá-las novamente. Ele estava meio distraído. Hoje todos estão. Mas você precisa ter algum respeito por eles – manter as portas abertas até o fim.

– Steve.

Eles até tinham a cozinha aberta e a terapeuta ocupacional estava ali com alguns outros, fazendo um bolo de Adeus a Todos.

– Steve. Está ocupado?

Ele tirava recados do quadro de avisos.

– Oi, Matt. Desculpe. Eu estava a quilômetros daqui. Como está indo?

– Bem. E você?

– Ah, sabe como é. Meio agitado. Muitas caixas.

– Está ocupado demais?

– Não, não. O que foi?

Contei o que procurava e ele puxou uma cadeira para se sentar a meu lado. Ele fazia essa coisa em que você gira a cadeira e se senta nela ao contrário, com os braços cruzados despreocupadamente no encosto.

– Em algum dia do verão passado, não?

– É. Mas não se preocupe se não conseguir...

— Mas podemos tentar, né?

Enquanto clicava pelas pastas e arquivos, ele falou em haver computadores públicos na biblioteca também.

— Pode valer a pena... Isto é, se você já não for sócio. Pode valer a pena se associar — sugeriu ele. — Assim você pode continuar com o...

Todos os meus impressos, todas as minhas páginas digitadas — tudo está reunido numa pilha desarrumada ao lado do teclado. Foi Jeanette, do Grupo de Arte, que acrescentou meus desenhos. Quando cheguei hoje de manhã, ela estava limpando em silêncio a sala de arte, retirando pôsteres, colocando pincéis em caixas. Mas depois parou de limpar as coisas e passou à mesa grande, onde todas as pinturas e imagens que foram deixadas tinham sido cuidadosamente dispostas.

Fiquei na porta olhando Jeanette passar gentilmente o polegar no pôster de arco-íris pintado por Patricia. Eu não queria interromper, mas ela me viu e sorriu.

— Não são todos maravilhosos? Os seus também, Matt. São maravilhosos. Precisa levar para casa e guardar.

É a primeira vez que reúno tudo. Todas as palavras e desenhos. Steve gesticulou para a pilha, quase colocando a pata como um cachorrinho.

— Não vou precisar usar o computador da biblioteca — disse a ele. — Estou acabando hoje.

Surpreendeu até a mim, como isso soou seguro. Mas eu tenho certeza. Tenho uma hora inteira pela frente e digito bem rápido. A mulher da mesa da frente disse que agora sou mais rápido do que ela. Não sou, mas acho que estou chegando perto. E de qualquer modo foi gentileza dela dizer isso.

— Ah. Aqui estamos — disse Steve. — Dezoito de julho. É isso mesmo?

— São três cartas.

Ele clica duas vezes e todas aparecem na tela. Isso me leva um pouco de volta ao passado. Sinto meu controle enfraquecer, sinto a mim mesmo perdendo o fio do tempo.

– Era isso que você procurava? – perguntou Steve.

Patricia foi atrás de nós, com sua blusa colante de pele de leopardo e leggings de Lycra. Carregava uma tigela de batatas fritas em uma das mãos e uma tigela de amendoins na outra. Alguém mais estava atrás dela com um prato de rolinhos de salsicha.

Acho que isso também me levou ao passado.

– É isso que estava procurando, Matt? – disse Steve de novo.

– É. É isso. Obrigado, Steve.

18 de julho de 2009

Cara tia Mel

Espero que esteja bem e desfrutando do verão. Espero que o tio Brian esteja bem também, e Peter e Sam. Esta carta é para todos vocês. Vou escrever uma separada para Aaron em Londres.

Obrigado pelos cartões que me mandaram quando eu estava no hospital. Sei que demorei muito para agradecer a vocês e peço desculpas por isso. Vou chegar aonde quero. Sabe que já faz quase dez anos que Simon morreu? O acidente dele aconteceu em 15 de agosto de 1999. Decidi que em 15 de agosto deste ano seria bom fazer uma solenidade em memória a ele.

Eu mesmo organizei tudo. A solenidade será em Bristol, no Beavers and Brownies Hut, perto de meus pais. Pensei em fazer no salão da igreja, mas Simon achava a igreja uma chatice de matar. E, se você se lembra, fizemos o décimo aniversário dele no Beavers and Brownies Hut e foi muito bom.

A solenidade será ao meio-dia. Espero que possam ir.

Com amor
Matt

18 de julho de 2009

Caros Aaron e Jenny

Espero que estejam bem e desfrutando do verão. Nanny Noo me disse que o verão é mais quente em Londres por causa de todo o trânsito. Faz calor aqui também.

É o Matt, a propósito, primo de Aaron. Sei que não parece que sou eu que estou escrevendo, então vou começar agradecendo pelos cartões de Natal que vocês sempre me mandaram. Eu sou péssimo com esse tipo de coisa.

Aaron, sabia que já faz quase dez anos que Simon morreu? Haverá uma solenidade em memória a ele que estou organizando no Beavers and Brownies Hut, perto da casa dos meus pais, ao meio-dia do dia 15 de agosto. Sei que você está muito ocupado com seu novo emprego no banco, mas cai num sábado, então espero que possa ir. Pode ficar no meu apartamento, se precisar de um lugar para se hospedar.

Espero ver você, Matt.

P.S.: Jenny. Sei que você não conheceu Simon, mas ele teria gostado muito de você, então, por favor, venha também, se quiser. Também peço desculpas se entendi mal o seu nome. Parte de mim pensa que é Gemma. Perdoe-me se entendi errado. Isso não é desculpa para nada, mas eu sou esquizofrênico.

18 de julho de 2009

Cara tia Jacqueline

É o Matthew Homes. Seu sobrinho. Já faz muito tempo desde que a vi e sei que é porque você não se entende bem com minha mãe. Nem eu por algum tempo, então eu compreendo.

Gostaria de convidá-la a uma solenidade em memória dos dez anos da morte de meu irmão Simon. Será no Brownies and Beavers Hut, perto da casa de meus pais, em 15 de agosto, ao meio-dia. Eu já reservei.

Espero ver você lá. Também sei que você fuma muito e eu também fumo. Então talvez possamos fazer companhia um ao outro.

Matt

18 de julho de 2009

Queridos Nanny Noo e vovô

Nanny, eu queria lhe falar disso quando você veio me ver
na quinta-feira, mas eu sabia que ia querer receber um
convite pelo correio, como todos os outros.

Adivinha o que eu fiz? Semana passada, procurei o número
do Brownies Hut perto dos meus pais e reservei para
15 de agosto.

Decidi organizar uma solenidade em memória de Simon.
Eu não sabia realmente o que seria, mas lembra do que lhe
contei sobre Annabelle? Que ela fez mais ou menos uma
para a mãe dela? Isso me fez pensar. Me fez pensar muito.
E acho que devemos fazer uma também. Estou planejando
isso há séculos. Não precisa vir, mas se quiser me ajudar
a preparar os sanduíches e as coisas, pode aparecer.
Mas você não precisa fazer isso. Te vejo na quinta-feira.
Verei o vovô logo – espero que ele tenha melhorado
da tosse.

Com amor
Matt

18 de julho de 2009

Queridos papai e mamãe

No ano passado, quando estava no hospital, eu disse
a vocês que queria fazer uma coisa neste verão.
Não contei o que era, mas vocês disseram que
confiavam em mim mesmo assim.

Jamais agradeci. Então, obrigado.

Em 15 de agosto vamos fazer uma solenidade em memória
de Simon. Convidei a família toda. Ou vou convidar,
mas preciso que primeiro vocês me deem os endereços.
Já escrevi as cartas de convite e comprei o envelopes
e os selos. Também reservei o Brownies and Beavers Hut
para o meio-dia. Vou levar toda a comida.

Espero que vocês entendam que tive de fazer isso sozinho.
Precisava ser uma coisa que eu fizesse por ele, porque
vocês já fizeram demais – mas eu nunca fiz nada.

Com amor
Matthew

Toc

Toctoc

É claro, é claro que ela veio ajudar.

– Não precisava ter trazido as coisas, Nanny.

– Que absurdo. São só umas coisinhas à toa. Não está certo você comprar tudo.

Fiquei tão contente ao vê-la. Eu não tinha dormido bem. Sei que não havia muito a organizar, mas quando o dia chegou, fiquei cheio de preocupações. Nanny entrou em minha cozinha e viu a torre de sanduíches de presunto cortados às pressas, empilhados na bancada.

– Que maravilha – disse ela. – Você quase terminou. Agora, lembra que a tia Jacky é vegetariana?

– Ela é?

Nanny sorriu e me empurrou de lado com um requebrar do quadril.

– Você fez muita coisa. Deixe que eu assuma um pouco. Vá tomar um banho e se vestir.

Quando saí do banho, todos os sanduíches estavam em triângulos elegantes numa bandeja. E ela estava agachada na frente do forno vendo os rolinhos de salsicha.

– Bem na hora – disse ela. – Me ajude a me levantar. Meus joelhos estão pifando, tenho certeza disso. Vou ficar tão ruim como o seu avô logo, logo.

Eu a ajudei a ficar de pé.

– Também comprei batata frita – eu disse. – Devo colocar numa tigela?

– Podemos fazer isso quando chegarmos lá, querido. Vão ficar mais frescas nos pacotes.

– Sim. Desculpe. Estou meio... Quero que saia perfeito.

Nanny Noo não respondeu de imediato. Acendeu um cigarro mentolado de seu maço secreto na gaveta de minha cozinha, soprando a fumaça pela janela. Ela só fumava metade e apagava. Depois colocou a mão no meu rosto e me deu um beijo na testa.

– Não precisa ser perfeito – disse ela por fim. – Já é maravilhoso.

– Obrigado, Nanny.

Ela deu um tapinha na bancada da cozinha.

– Agora, você pode começar a levar parte disso para o carro. Não posso subir e descer essa escada. Não com esses joelhos.

– Obrigado.

Não foi perfeito.

Eu não pensei em algumas coisas direito. Considere o Beavers and Brownies Hut. É maior do que me lembrava e nós não éramos muitos.

Quando o homem recebeu a mim e Nanny no estacionamento para nos entregar a chave – e explicar que era importante não obstruir a porta de incêndio com nada, porque eles já tiveram problemas com isso, e que o grupo de teatro amador não poderia ensaiar ali no verão seguinte se não parasse de arranhar o chão com calçados de solado preto, e como fazia para abrir e fechar as janelas de cima com o gancho na haste e um monte de outras coisas que não lembro direito – ele perguntou quantos eram no grupo, depois olhou para mim como se eu tivesse me enganado.

Aaron e Jenny não puderam vir. Mandaram um recado pela tia Mel dizendo que lamentavam muito, mas havia o casamento de uns amigos e Aaron era o padrinho. Não havia nada que eles pudessem fazer, mas seus pensamentos estavam conosco e eles esperavam ver a todos em breve.

A tia Mel veio e trouxe meu primo mais novo, Sam. Mas o tio Brian teve de trabalhar e Peter viajou para algum fim de semana de trilhas do Duke of Edinburgh's Awards.

– Se ele não fosse – explicou a tia Mel aos sussurros – perderia seu nível prata.

– Claro, claro – sussurrou minha mãe em resposta. – Bem, ele vai pegar um clima ótimo para isso, não vai? Se estiver como aqui. Quase quente demais para uma caminhada, eu acho.

– Lindo, não? Mas a previsão diz que pode virar amanhã.

Ficamos todos pairando pela longa mesa dobrável, onde Nanny Noo me ajudou a colocar a comida e as garrafas de refrigerante. Atrás de nós havia um pequeno círculo de cadeiras que eu arrumei e atrás delas mais cinquenta, todas empilhadas contra a parede.

– Eu perguntei sobre sua viagem, Mel? – disse papai. Só que ele deve ter perguntado, porque ela foi à casa deles primeiro para descansar um pouco. E, conhecendo meu pai, foi a primeira coisa que ele perguntou.

– Ah, não foi tão ruim, obrigada, Richard. – Tia Mel se virou para Sam. – Foi, querido?

Sam deu de ombros, enfiando um rolinho de salsicha na boca e a tia Mel continuou.

– Mas tinha muito trânsito se formando na...

– Na M4 – interrompeu papai, assentindo vigorosamente. – É verdade. Perguntei porque você disse que não teve tempo para parar nos postos.

– Ah, sim. Sim. Ainda assim. Correu tudo bem. É uma extorsão hoje em dia, não é? Li em algum lugar recentemente que eles iam aprovar umas leis novas para coibir isso.

– Mas é um mercado cativo, não? – disse papai. – É ridículo. Cinco libras por um queijo quente.

— E o resto — disse mamãe.
— E o resto — disse papai.

———

— Vai se juntar a nós para o bolo, Matt?
Aquela era a estudante de serviço social — aquela dos brincos de argola dourada. Ela só deu uma espiada por cima de meu ombro enquanto passava por ali.
Haverá todo tipo de conversa estranha por lá também.
— Hmmm... Vou daqui a pouco — disse a ela. — Estou quase acabando.
— Não tem pressa — disse ela.
Está difícil me concentrar hoje, com tanta coisa acontecendo.

———

Ninguém se importava com os preços dos postos da rodovia. Ninguém queria ter essa conversa.
Era muito complicado saber como começar, porque não éramos dessas famílias que se veem em EastEnders, em que todos falam das coisas grandes e importantes. Éramos o tipo de família que não fala muito e, quando fala, acaba sendo sobre nada.
A conversa murchou e só o que se ouvia era o estalo do relógio de parede, até que mamãe perguntou a Jacqueline:
— Algum plano bom para o resto do verão?
Da última vez que vi a tia Jacqueline, ela se vestia sempre de preto e até usava batom preto. E ela sempre tinha um cigarro pendurado na boca. Mas agora estava com um vestido de flores coloridas e uma echarpe rosa e não fumava nada.
— Como? — perguntou ela.

Mamãe deu uma mordida no sanduíche e teve que mastigar por séculos antes de conseguir engolir.

– Desculpe. Algum plano bom para o resto do verão?

– Talvez a gente viaje de novo – respondeu a tia Jacqueline animadamente, de braços dados com o novo namorado, que olhava as tigelas de batata frita.

– Ah, que ótimo – disse mamãe.

– Mas ainda não decidimos, não é mesmo?

– Hmm? Não, não.

O namorado novo da tia Jacqueline era bem alto e magro, e vestia bermuda de brim e sandálias. Tinha cabelo branco e comprido num rabo de cavalo e uma barba branca rala. Era vegetariano.

Nanny Noo deve ter se xingado porque foi ela que insistiu em usar manteiga nos sanduíches, em vez de minha margarina. Então só o que eles podiam comer era batata frita. Só que até isso era um problema, porque o namorado novo da tia Jacqueline não comia batata frita com sabor de carne e cebola, e, em vez de simplesmente não comer, ele deu um sermão solene, dizendo que tinha um *desconforto moral* com alimentos que tinham sabor de animais, mesmo que não contivessem animal nenhum.

Mamãe me olhou e revirou os olhos.

– Tem banheiro aqui? – perguntou Sam.

– Por ali – apontou Nanny Noo.

Depois todos nos sentamos com nossos pratos de papel nos joelhos e ouvimos o barulho do jato de urina de Sam pela porta fina do banheiro.

Então não foi perfeito. Mas isso não importou. Porque não foi pelos sanduíches, nem pelo imenso espaço vazio em volta de nosso pequeno grupo de cadeiras. Talvez tenhamos levado algum tempo, mas Nanny Noo estava certa o tempo todo. Foi maravilhoso.

– Um bom garoto ele, não?

O vovô afrouxou a gravata e abriu o primeiro botão da camisa. Ele estava com sua camisa branca elegante, mas dava para ver a sujeira ainda sob suas unhas de um trabalho de manhã cedo na horta. Acho que foi corajoso da parte dele falar primeiro. Ele guardava tudo para si e é por isso que você não tem como conhecê-lo muito bem. Mas se aprendi uma coisa sobre as pessoas, é que elas sempre podem surpreender a gente.

Meu avô não tinha terminado.

– Iluminava o ambiente, era o que ele fazia. Só de estar ali.

Não estou interpretando. Não estou tentando interpretar. Mas se estivesse, duvido que fosse o único. Neste exato momento o sol entrou pelas janelas de cima. Deixamos a porta de incêndio aberta para entrar ar e com o sol veio a brisa mais suave, e assim, de repente, havia calor e frio, e em toda parte em volta de nós minúsculas partículas douradas de poeira dançavam aos milhões.

Houve uma tomada coletiva de ar. Nanny Noo apertou a mão da tia Mel. A tia Jacqueline mexeu os dedos lentamente pelo ar. Mamãe já estava de olhos marejados.

Todos absortos no vovô.

– Mas não tinha paciência nenhuma. Ele não esperava a cola secar antes de pintar o avião, lembra disso? O Sopwith Camel? Nem pensar.

– Eu estava lá? – perguntou Sam de repente. Até então, ele estivera com um ar entediado, arriado e coçando um ponto na nuca. Agora se sentou para frente, raspando as pernas da cadeira no piso de madeira encerada. – Acho que estava – disse ele. – Com Peter e Aaron. Lembro de vocês construindo o Airfix com a gente. O Sopwith é aquele com duas asas?

– Chama-se biplano – disse vovô.

— Isso. Isso! Simon queria pintar o meu também. Ele queria pintar uma cara nele. Eu me lembro disso. Merda. Foi há tanto tempo.

— Olha o linguajar — disse a tia Mel rispidamente. — Sinceramente. Esse meu filho... — Ela não estava aborrecida com ele. Afagou seu cabelo e dava para ver que ela não estava realmente chateada.

Depois mamãe se virou para o vovô e, com um sorriso tão grande que espremeu uma lágrima de seu olho, disse:

— Pai, lembra nos lagos? Quando só você podia ajudá-lo com o penico.

Nanny Noo balançou a cabeça.

— Ah, aquilo foi engraçado, foi muito engraçado.

Depois mamãe fez uma coisa que nunca a vi fazer. Ela imitou Simon.

— Quero que o vovô limpe meu bumbum, mamãe! Você não. O vovô!

Meu avô jogou a cabeça para trás e riu tanto que dava para ver os dentes de ouro no fundo da boca.

— Eu tirei a sorte grande naquela viagem, não foi?

O Beavers and Brownies Hut não parecia tão grande depois disso — as lembranças mal cabiam ali. Fomos às férias, à peça de Natal da escola, quando Simon era o Hoteleiro e decidiu que afinal havia vaga para Maria e José. Fomos ao Museu de História Natural à noite, para uma festinha de pijama com os dinossauros. Subimos à casa de árvore perigosa com um prego enferrujado, depois saímos para tomar a injeção de tétano. Ficamos na fila para o Trem-fantasma, três vezes seguidas, sempre com medo demais quando chegávamos na frente. Pisamos nas folhas de outono do jardim botânico — o passeio em que Simon desapareceu por uma hora inteira e mamãe ficou frenética, mas Simon nem mesmo sabia que estava perdido e, quando o encontramos, ele estava feliz, ensinando um casal de idosos perplexos a dizer as horas, dizendo que ainda precisaria de alguma ajuda deles, mas só quando pedisse.

A verdade é que eu mesmo não falei muito. Não tinha tantas lembranças minhas para partilhar. Não lembranças inteiras, com começo, meio e fim. Eu era só um garotinho quando conheci meu irmão mais velho e não temos como escolher o que guardar.

O que eu fiz na solenidade foi ouvir.

Os risos e as lágrimas, e a quietude tranquila que se seguiu.

É aqui que quero deixar minha história, porque é desse ponto que eu me orgulho mais.

Mas isto não significa o fim.

Esta história não tem um fim. Não verdadeiramente. Como pode ter, quando ainda estou aqui, ainda vivo nela? Quando eu imprimir essas últimas páginas, vou desligar o computador e mais tarde virão homens com caixas para levar tudo embora? As luzes do Hope Road Day Centre serão apagadas pela última vez. Com o tempo, outro centro de apoio será aberto e fechado, e outro, e sempre haverá uma Enfermeira Tal e uma Enfermeira Qual, um *Estala-estala-pisca* e uma Claire-ou-talvez-Anna.

Eu lhe falei de minha primeira estada no hospital, mas voltei lá desde então. Sei que voltarei. Nós andamos em círculos, essa doença e eu. Somos elétrons orbitando um núcleo.

O plano é sempre o mesmo: depois que tenho alta, passo algumas semanas com meus pais para me ajudar a me estabelecer. Mamãe quer que eu tenha 9 anos de novo; construímos uma toca na sala e nos escondemos ali por uma eternidade. Papai leva tudo a sério. Reprime o aperto de mãos especial e me trata como um homem. Os dois são úteis a sua maneira. Os primeiros dias são os mais difíceis. O silêncio é um problema. Eu estava acostumado com as checagens de hora em hora, o ranger das vigias, fragmentos de conversas vagando da sala dos enfermeiros. Eu estava acostumado em ter Simon por perto. Leva tempo para me adaptar e demorei para me adaptar quando ele foi embora.

Eu podia continuar, mas você sabe como eu sou. A tinta está ficando seca na fita da máquina de escrever. Este lugar está fechando. São letras miúdas o suficiente para fazer qualquer um pensar.

Então empilho essas páginas com as demais e deixo tudo para trás. Escrever sobre o passado é uma maneira de revivê-lo, uma maneira de vê-lo se desdobrar novamente. Colocamos lembranças em folhas de papel para saber que elas sempre existirão. Mas esta história nunca foi uma lembrança – é a descoberta de um jeito de se libertar. Não sei do fim, mas sei o que acontecerá em seguida. Ando pelo corredor para o som de uma Festa de Despedida. Mas não vou tão longe. Virarei à esquerda, depois à direita e abrirei a porta da frente com as duas mãos.

Não tenho mais nada para fazer hoje.

É um começo.

Agradecimentos

Gostaria de agradecer a meus pais e a minha irmã, que sei que terão orgulho de ver este livro nas estantes. É uma bênção para mim ter uma família que me dá tanto apoio.

Sou grato a todos que leram meus escritos e partilharam suas ideias. Isto não é pouco. É assim – pelo que aprendi – que um romance ganha vida. Obrigado a Kev Hawkins e Hazel Ryder, que leram os primeiros rascunhos e cujas palavras de estímulo permanecem comigo. A Tanya Atapattu, por muitos motivos – mas especialmente por seu apoio e gentileza quando eram mais necessários. E a Phil Bambridge por sua generosa contribuição à aula de ciências no capítulo Pródromo.

Minha gratidão especial a Emma Anderson por suas anotações editoriais incisivas e conselhos infalivelmente úteis.

Completei o primeiro rascunho deste romance no mestrado em Redação Criativa da Universidade Bath Spa. Agradeço novamente a meus pais, que me ajudaram financeiramente, e também a minha colega de quarto na época, Samantha Barron, que sofreu cada vicissitude dos estudos comigo. Agradecimentos especiais a minha orientadora, Tricia Wastvedt, e a meus outros orientadores e colegas alunos, sobretudo a Samantha Harvey, Gerald Woodward, John Jennings e Nick Stott.

Agradeço a Ellie Gee, por me ajudar a explorar os desenhos de Matthew. E à artista Charlotte Farmer, que lhes deu vida nestas páginas.

Tenho uma enorme dívida de gratidão para com minha agente literária, Sophie Lambert, cuja orientação – dentro e fora das páginas – foi inestimável. E a minha editora de texto, Louisa Joyner, e a maravilhosa equipe da HarperFiction, que transformaram num livro minhas esperanças de um livro. E que me deram uma caixa de lembranças.

Por fim, agradeço especialmente a Emily Parker. Por todos os motivos infindáveis, este romance é dedicado a você.

Este livro foi impresso na Intergraf Ind. Gráfica Eireli
Rua André Rosa Coppini, 90 - São Bernardo do Campo - SP
para a Editora Rocco Ltda.